Spargelschuss

Christian Nachtigäller

Spargelschuss

Kriminalroman

Lektorat: Reinhild Essing

© 2012 Aschendorff Verlag GmbH & Co. KG, Münster

Das Werk ist urheberrechtlich geschützt. Die dadurch begründeten Rechte, insbesondere die der Übersetzung, des Nachdrucks, der Entnahme von Abbildungen, der Funksendung, der Wiedergabe auf fotomechanischem oder ähnlichem Wege und der Speicherung in Datenverarbeitungsanlagen bleiben, auch bei nur auszugsweiser Verwertung, vorbehalten. Die Vergütungsansprüche des § 54 Abs. 2 UrhG werden durch die Verwertungsgesellschaft Wort wahrgenommen.
Gesamtherstellung: Aschendorff Druckzentrum GmbH & Co. KG,
Druckhaus Münster

Gedruckt auf säurefreiem, alterungsbeständigem Papier ∞
ISBN 978-3-402-12970-8

Liebe Leserin, lieber Leser,

diese Geschichte ist frei erfunden. Die Handlung und die Personen sind ausgedacht. Ähnlichkeiten mit lebenden oder bereits verstorbenen Personen wären zufällig und nicht gewollt. Auch einige Orte in diesem Buch sind frei erfunden.
Der Große Sterk-Hof existiert nicht, die Jacobi-Villa gibt es nicht, und selbst Raum 412 im Rathaus ist fiktiv. Es gibt also keinerlei Parallelen zu irgendwem oder irgendetwas.

„Wenn Du Kartoffeln oder Spargel isst,
schmeckst Du den Sand der Felder und den Wurzelsegen,
des Himmels Hitze und den kühlen Regen,
kühles Wasser und den warmen Mist."

Carl Zuckmayer

Für
Annelore

und für
Franz

1. Samstag, 23:46 Uhr

Der Regen erlöste die Stadt von der Hitze der letzten Wochen und befreite die Straßen vom trockenen Staub. Die schwüle Glocke, die sich in den vergangenen Tagen immer unerträglicher über Telgte gestülpt hatte, war gelüftet. Abkühlung! Wenn auch nur kurz.

Martin Große Sterk lenkte den Mercedes-Geländewagen durch die Stadt, fuhr über die Ems am Rathaus vorbei, das er nur zu gut kannte, und bog an der nächsten großen Straße links ab. Er bewegte sich langsam stadtauswärts auf der Warendorfer Strasse, parallel zur Bahnstrecke, die Münster mit Warendorf verband. Vorbei an den letzten Siedlungshäusern, an Feldern und einzelnen Höfen. Der Regen wurde stärker und der Scheibenwischer raste hin und her. Die plötzlichen Wassermassen sammelten sich in großen Pfützen auf der Straße. Im Rückspiegel konnte er die Lichter der letzten Bahn herannahen sehen. Er bremste ab, denn er musste auf die andere Seite der Schienen und stand nun an dem unbeschrankten Bahnübergang, der ihn nach Hause führen sollte. Hier gab es keine Straßenlaternen mehr. Er wartete, dass der Zug nach Warendorf, der sich mit schrillen Pfiffen ankündigte, passiert hatte.

Dicke Regentropfen platschten auf das Dach des Wagens. Das Autoradio gab sich alle Mühe, gegen das Trommeln des Regens anzuspielen. „Sexy Thing" von Hot Chocolate. Martin Große Sterk drehte die Musik lauter und sang mit. „You sexy thing, sexy thing you – since you came along – sexy thing!"

Das Auto beschlug von innen und er drehte die Lüftung höher. Mit einem weiteren Pfeifen kündigte die Nord-West-Bahn ihr Kommen an. Martin betrachtete die Handvoll Passagiere in der hell erleuchteten Bahn, die nur wenige Meter von seinem Auto entfernt vorbeiratterte.

Er wollte gerade den Gang einlegen, als er von einem Lichtkegel erfasst wurde. „You sexy thing..." Ein Auto fuhr mit Fernlicht auf ihn zu und blieb in einiger Entfernung mitten auf der Straße stehen. Was will der denn? Will der Wagen hier auch abbiegen? Jemand, den ich kenne? fragte sich Martin Große Sterk und hielt die flache Hand schützend über die Augen, um trotz des grellen Lichts auszumachen, wer ihn dort blendete. Der andere Wagen setzte sich langsam wieder in Bewegung und stellte sich neben den Mercedes. Durch den Regenvorhang, der die Scheiben herunter lief, konnte Martin nicht erkennen, wer in dem Wagen gegenüber saß.

Es knallte laut.

Die Seitenscheibe zerplatzte in tausend kleine Stücke. Martin Große Sterks Kopf wurde ruckartig zur Seite gerissen. Ein Zucken durchfuhr den gesamten Körper. Seine Augen waren weit aufgerissen. Und während er langsam auf den Beifahrersitz sackte, fuhr der andere Wagen mit durchdrehenden Reifen fort. Blut, das aus der klaffenden Wunde sprudelte, breitete sich zügig als dunkler Fleck auf dem Leder des Beifahrersitzes aus. Das Radio spielte laute Musik. Regen lief in den Wagen. In weiter Ferne hupte die Regionalbahn.

2. Sonntag, 3:52 Uhr

Franz Wiedepohl war ein gläubiger Mann. Seit vielen Jahrzehnten pilgerte er von Rheda-Wiedenbrück nach Telgte. Allein. Er machte seine eigene Wallfahrt. Zur Mutter Gottes, dem Gnadenbild, für das Telgte bekannt war. Ein hölzernes Bildwerk, das den Moment zeigt, als man den Leichnam Jesu in den Schoß seiner Mutter legt. Franz Wiedepohl freute sich auf ein Wiedersehen mit der aufwendig gearbeiteten Skulptur. Er freute sich auch, einer der ersten zu sein, denn er war schon einige Stunden vor allen anderen losgelaufen. Sonst war er mit den anderen Pilgern gemeinsam von Osnabrück gestartet. Doch seitdem er Rentner war, lief er lieber allein. Die Wallfahrt war immer mehr zum Glaubensmarathon geworden. Unzählige Gläubige schlossen sich auf dem Weg zum Wallfahrtsort der singenden und betenden Wandergemeinde an, bis es schließlich mehr als 10.000 waren, die nach Telgte einfielen und sich durch die engen Gassen des Ortes drängten. Sicher, alles war immer gut organisiert. Es waren Ärzte, Hilfsorganisationen, Geistliche und viele andere Helfer mit von der Partie, es konnte also nichts passieren. Wer nicht mehr weiter konnte, hatte die Möglichkeit, sich auszuruhen und sich ein Stück oder den Rest des Weges fahren zu lassen. Das war schön und hatte durchaus seinen besonderen Reiz, aber das war nicht das, was Franz Wiedepohl unter einer Wallfahrt verstand. Er wollte die innere Einkehr. Er wollte Stille und sich auf sich selbst und seinen Weg besinnen. Von Rheda-Wiedenbrück aus. Aus diesem Grund war er bereits am späten Samstagabend in seinem Heimatort losgewandert. Um diese Zeit würden die anderen in Osnabrück gerade mal losgehen, aber er war nun schon kurz vorm Ziel. Bei dem Platzregen in der Nacht hatte er sich unterstellen müssen, doch nach kurzem und heftigem Regenfall konnte er seine Tour fortsetzen. Wandern und singen und beten.

Endlich konnte er die B 64 verlassen. Dieses ewig lange Stück Straße, das schnurgerade verlief und die Orte wie Perlen auf einer Kette hintereinander aufgefädelt hatte. Der Weg führte durch Herzebrock, Clarholz, Beelen und Warendorf. In den Orten traf er nur vereinzelt auf Menschen, zu dieser nachtschlafenden Zeit. Die Straße, die parallel zu den Bahnschienen verlief und ihm unendlich erschien, war wie ausgestorben. Nur kurz hinter Warendorf passierte er einen Hof, der laute Musik in die Nacht entließ. Stimmengewirr und Lachen klangen durch die Dunkelheit. Auf einem Feld jenseits der Gleise gab ein Schild an einem Anhänger die Erklärung: „Samstag – Große Scheunenparty".

Unbeeindruckt pilgerte Wiedepohl vorbei. Mit jedem Schritt kehrte die Stille zurück, die er so mochte, nur gelegentlich rauschte ein Lastwagen oder ein Taxi an ihm vorbei. Jetzt bog er zügigen Schrittes auf eine andere Straße ein. Eine menschenleere Straße, die direkt nach Telgte führte. Die Nähe zum Ziel gab ihm neuen Schwung. Leise intonierte er ein Lied:

„Maria wir dich grüßen, o Maria hilf!
Und fallen dir zu Füßen, o Maria hilf!
O Maria, hilf uns all hier in diesem Jammertal!"

Was steht denn da hinten für ein Auto? Vielleicht wieder mal jemand, der zum Telefonieren an die Seite gefahren ist. Einer von diesen stressgeplagten Managern. Dem täte eine Pilgerfahrt auch mal gut.

„Dass wir Verzeihung finden, o Maria hilf!
Für unsre vielen Sünden, o Maria hilf!
O Maria, hilf uns all hier in diesem Jammertal!"

Steht da und macht nichts. Der könnte ja auch mal an die Umwelt denken und wenigstens den laufenden Motor ausmachen, oder das Radio etwas leiser.

„Dass wir vor Gott bestehen, o Maria hilf!
Den Weg des Guten gehen, o Maria hilf!
O Maria, hilf uns all hier in diesem Jammertal!"
Na sowas, da sitzt überhaupt keiner im Wagen. Oder muss da einer nur mal Pipi machen? Vielleicht steht er hinter dem Auto.
„In Trübsal, Angst und Leiden, o Maria hilf!
Gib Trost und Seelenfreuden, o Maria hilf!
O Maria, hilf uns all hier in diesem Jammertal!"
Was ist das denn? Es sieht so aus, als wäre die Seitenscheibe kaputt. Vielleicht doch etwas Ernstes. Ein Steinschlag, oder ein Zusammenstoß mit einem Tier? Ein Reh, das ihm in die Seite gelaufen ist …
„Den Witwen und den Waisen, o Maria hilf!
Auf Pilgerfahrt und Reisen, o Maria hilf!
O Maria, hilf uns all hier in diesem Jammertal!"
Franz Wiedepohl steuerte direkt auf den Wagen zu. Als er näher kam, erkannte er, dass es sich der Fahrer des Wagens auf dem Beifahrersitz gemütlich gemacht hatte. Wahrscheinlich ein Besoffener, der sich trotz seiner Promille hinters Steuer gesetzt hatte. Wiedepohl ging nah an den Wagen und blickte durch das kaputte Seitenfenster. Im Kopf hatte er die nächste Strophe:
„Vor Mord und Kriegsgefahren, o Maria hilf!
Woll'st du dein Volk bewahren, o Maria hilf!
O Maria, hilf uns all hier in diesem Jammertal!"
„Hallo?" rief der Rentner in den Wagen hinein, „ist Ihnen nicht gut? Kann ich Ihnen helfen?" Dieser Mann hatte offensichtlich Probleme. Es war auch nicht ungefährlich, mit dem Wagen hier mitten auf der Straße zu stehen. Es könnte jemand einen Unfall verursachen. Er ging um den Wagen herum und öffnete die Seitentür. „Kann ich Ihnen …. o Maria hilf! Hilfe!"

3. Sonntag, 4:26 Uhr

Victors Handy klingelte immer lauter. Er schreckte hoch und musste überlegen, wo er war. Er tastete nach dem Telefon, das irgendwo in seiner Hose stecken musste, wühlte in den Sachen, die neben dem Bett lagen und fingerte es schließlich heraus. „Ja?" fragte er mit heiserer Stimme.

„Ja? Ach du – Morgen" sagte er und ließ sich wieder auf die Matratze fallen. „Was gibt's? – Mord ? – Mmmh! – Ja, bin gleich da. – Gut – in einer halben Stunde. O.K.!" bestätigte er und warf das Handy zurück auf den Wäschehaufen. Er richtete sich auf, rutschte nach hinten, so dass er sich an die Wand lehnen konnte und nahm einen großen Schluck aus der Wasserflasche, die neben dem Bett stand. Die Sonne kündigte mit einem roten Himmel den Tag an und nichts erinnerte mehr an den Regen der letzten Nacht. Er sah in das Grün der Bäume vor dem Haus. Es fehlten noch Gardinen.

Hier war er nun also: Victor Behring, Mitte 50, seit einem Jahr verheiratet, bald Vater und nun auch Hausbesitzer, in seinem neuen Heim. In Telgte. Einem 20tausend-Seelen-Städtchen mitten im Münsterland. Vor noch gar nicht so langer Zeit hätte er nicht im Traum daran gedacht, dass sein Leben so verlaufen würde. Als ein Familienvater in einem Vorort von Münster. Er war immer ein zufriedener Single gewesen, der sein Leben genoss, der sich auf seine Arbeit konzentrierte und bei dem es hin und wieder sogar eine Frau aushielt. Wenn auch nur für ein paar Wochen oder Tage. Er hatte sich fast für beziehungsunfähig gehalten. Doch war er deswegen nicht unglücklich gewesen. Er hatte nichts vermisst und sein Dasein nicht in Frage gestellt. Bis zu dem Tag, als er Katharina kennen lernte. Diese fast zwanzig Jahre jüngere Frau hatte alles auf den Kopf gestellt und ihn und seinen Rhythmus durcheinandergewirbelt. Er hatte sich auf eine Beziehung mit ihr eingelassen, war einverstanden, als sie bei ihm einzog und froh, dass sie nicht nach kürzester Zeit wieder das Weite gesucht hatte. Selbst als Katharina schwanger wurde, war er nicht erschrocken, sondern eher beglückt. Sie schien tatsächlich die Frau seines Lebens zu sein. Mit der Ortwahl allerdings war er noch unsicher. Ein kleines Häuschen in einem ruhigen Vorort wollte ihm nicht so recht behagen. Er hatte sich über diese spießig anmutende Weise, sein Leben zu fristen, immer lustig gemacht. Hatte sich aber auf dieses Experiment eingelassen – Katharina zuliebe.

Er ließ seinen Blick durch den Raum schweifen. Diese 135 frisch renovierten Quadratmeter sollten ihm für die nächsten Jahre, vielleicht sogar für den Rest seines Lebens ein Zuhause sein. Obwohl er sich freute, ein Haus mit Garten sein Eigen zu nennen, wusste er nicht, ob er sich hier tatsächlich wohlfühlen könnte, auch wenn sein geliebtes Münster nur einige Kilometer von Telgte entfernt lag.

Der Umzug hatte reibungslos funktioniert. Freunde und Kollegen hatten geholfen, und innerhalb von einigen Stunden war der komplette Hausrat von Münsters Kreuzviertel nach Telgte verfrachtet worden. Es gab jedoch noch viel zu tun. Er musste noch einige Möbel aufbauen, die Kisten auspacken und für all seine und ihre Dinge einen neuen Platz finden. Außerdem noch zwei Räume streichen. Doch bisher hatten sie sich noch nicht auf eine Farbe für das Kinderzimmer einigen können. Er atmete tief ein und sah auf die Frau, die neben ihm lag und für die er aufs Land gezogen war. Die roten Locken lagen zerzaust auf dem Kopfkissen und rahmten das blasse Gesicht. Katharina schnarchte leise. Er zog die Decke ein Stück nach unten, beugte sich über sie und legte vorsichtig seinen Kopf auf ihren gigantischen Bauch.

„Guten Morgen, kleiner Mann, hast du gut geschlafen?" flüsterte er und streichelte behutsam um ihren Bauchnabel herum. Er freute sich auf das Kind. Ein Junge, da war er sich sicher. Es war ein Wunschkind. Ein Wunsch von ihr und herzlich willkommen von ihm. Doch jetzt, ein paar Tage vor der Entbindung, machte sich immer mehr Nervosität bei ihm breit. Er konnte nicht genau einschätzen, was auf ihn zukam und ob er mit der Verantwortung, die er mit einem Kind übernahm, zu Recht kommen würde.

„Wie spät ist es?" fragte Katharina schläfrig.

„Gleich halb fünf. Ihr könnt also noch etwas schlafen", krächzte Victor.

„Hast du Bereitschaft?"

Victor nickte.

„Hättest du nicht wenigstens heute frei machen können?"

„Ich mache frei, wenn der Kleine kommt", antwortete er mit einem Lächeln.

„Wieso denn der Kleine?"

„Na, es wird ein Junge!"

„Ja?"

„Ja!"

Katharina fuhr ihm mit den Fingern durchs Haar. „Musst du wirklich los?"

„Ja", antwortete er. „Ich muss, ein neuer Fall."

„Du und deine Fälle!" murmelte sie und zog sich die Decke wieder bis zum Kinn.

Victor raffte sich auf und bahnte sich einen Weg durch Kisten, Kartons und zerlegte Möbel ins Badezimmer. Er sah in den Spiegel, streckte sich die Zunge heraus und rieb sich das Kinn, das knisternd Meldung machte, möglichst bald rasiert werden zu wollen. Er stützte sich auf dem Waschbecken auf und beugte sich nah zum Spiegel vor. Die kurzen dunklen Haare, von denen einige bereits grau wurden, standen strubbelig in alle Richtungen.

Die scharf geschnittene Nase und das markante Kinn verrieten nichts von seinem tatsächlichen Alter. Doch der genaue Blick in den Spiegel sagte ihm, dass er sich schon mal in besserer Verfassung befunden hatte. Wie es schien, hatte er sich seiner Frau angepasst und sich aus Sympathie auch einen kleinen Bauch wachsen lassen. Er griff sich in die Seitenpölsterchen, drehte sich seitlich zum Spiegel und zog den Bauch ein. Er fand sich fett und erbärmlich. Dann nahm er eine heiße Dusche, zog eine Khakihose und ein weißes Leinenhemd an und küsste Katharina zum Abschied auf den Hals. Ohne Frühstück verließ er das Haus und setzte sich in seinen Kombi, als er seinen Namen hörte. Er ließ die Scheibe nach unten gleiten und sah zum oberen Stock seines neuen Hauses. Katharina stand am weit geöffneten Fenster: „Denkst du daran, dass heute Abend Vorbereitungskurs ist!" rief sie „zum letzten Mal – mit den Vätern!" Victor nickte. Das war genau das, was er sich für seinen zweiten Abend in Telgte vorgestellt hatte. Hochschwangeren Frauen beim Hecheln zuzusehen. Zwischen engagierten Baldeltern, die ihn argwöhnisch beäugten und die ihn vielleicht für den Großvater hielten. „Victor!" wiederholte Katharina und riss ihn aus seinen Gedanken. „Meinst du, dass du das schaffen kannst?"

„Bis heute Abend habe ich alle Verbrecher gefangen", antwortete er und startete den Wagen. „Ich versuche es!" setzte er ernst hinzu. Mit geöffneten Fenstern fuhr er auf der Warendorfer Straße, die noch wenig belebt war, und kam zügig voran. Am Friesenring steuerte er seinen Wagen hinter das Polizeipräsidium, parkte und betrat den schmucklosen Zweckbau, der aussah, als stünde er auf Stelzen.

4. Sonntag, 5:16 Uhr

Seine Schuhe quietschten bei jedem Schritt auf dem Linoleumboden in dem langen Flur, der nach Putzmitteln roch.

„Na, du blöder Bauer! Muhen in deiner neuen Heimat die Kühe so laut, dass du nicht mehr schlafen konntest?" tönte eine Stimme hinter ihm. Victor fuhr herum und blickte in das Gesicht eines braungebrannten jungen Mannes. Ein schlaksiger Kerl mit kurzen blonden Haaren, der sein Gegenüber anfunkelte. Steffen Lemmermann, der Kollege, den Victor schon seit Jahren als Freund und Partner kannte. Victor hob die Augenbrauen: „Das ist eben der feine Unterschied. Der eine hat ein solides Zuhause und der andere muss jede Nacht mit irgendeinem Flittchen durch die Kneipen ziehen." Die beiden hoben jeweils einen Arm und ließen die Handflächen aneinander klatschen, auch wenn Victor sich für diese Art der Begrüßung mittlerweile zu alt fühlte.

„Na, wie war die erste Nacht?" fragte Steffen und öffnete die Glastür, die zu einem weiteren Flur führte.

„Wie jede Nacht – dunkel und zu kurz", gab Victor zurück.

„Und was macht die Schwangere?"

„Die schläft noch."

„Und wie geht's ihr?"

„Sie ist rund und gesund."

Gemeinsam betraten sie das „Fachkommissariat für Todesermittlung" und bogen direkt in den Konferenzraum ein. Ein nüchterner Raum mit mehreren Tischen, die in der Mitte zu einem großen zusammengeschoben waren. Jalousien waren halb heruntergelassen und warteten auf die Hitze des Tages. Um den Tisch versammelt saßen einige Kollegen, die aufmerksam lauschten. Am Kopfende, zwischen einem Flipchart und einem alten Fernsehgerät, stand Bleck, ein breit gebauter Mann mit Bürstenhaarschnitt und wuchtigem Kinn, und füllte den Raum mit seiner schnarrenden Stimme. „Allen einen guten Morgen. Als erstes möchte ich Ihnen Frau – äh", er drehte einige Papiere um, die vor ihm ausgebreitet waren.

„Petersen!" piepste eine helle Stimme.

„Frau Petersen vorstellen", wiederholte Bleck und legte seine breite Hand auf die Schulter einer dünnen, jungen Frau, die verlegen lächelte. Mit ihrem bauchfreien Oberteil, einem kurzen Faltenrock und strassbesetzten Sandalen wirkte sie fehlplatziert und sah eher aus, als wolle sie zum Tanzen gehen.

„Frau Petersen studiert noch und wird hier bei uns den fachpraktischen Studienabschnitt machen. Sie soll ein wenig Praxis bekommen."

„Ein paar Praktiken könnte ich ihr zeigen!" raunte Steffen Victor zu, der unbeeindruckt einen Kaffee aus einem Plastikbecher schlürfte.

„Vor uns steht die Zukunft der deutschen Polizei!" flüsterte Victor und schüttelte den Kopf.

„Mir gefällt sie!" grinste Steffen.

„Das kann ich mir vorstellen", zischte Victor zurück, „dir hat ja auch *Germanys Next Topmodel* gefallen."

„Doch kommen wir nun zu unserem eigentlichen Anliegen", tönte Bleck unüberhörbar. „Wir haben ein Tötungsdelikt in – äh – Telgte. Die KTU ist schon unterwegs und sichert den Tatort. Die Kollegen in Warendorf wissen Bescheid und arbeiten mit uns zusammen. Die Zügel liegen in unseren Händen, das heißt, wir bilden eine Mordkommission mit – sagen wir, zwei Teams à zwei Kollegen. Behring, ziehen Sie nicht bald nach Telgte?" fragte er und sah Victor an.

„Ja, gestern", antwortete der.

„Da läuft ein Mörder in Ihrer neuen Stadt herum. Sind Sie dabei?" fragte Bleck eher rhetorisch. Victor hob den Daumen als

Zeichen seiner Zustimmung. Er ärgerte sich ein wenig, weil er gerade erst aus Telgte gekommen war und gleich schon wieder hinfahren musste. Dieses Hin und Her hätte er sich sparen können.

„Also alte Besetzung?" schnarrte Bleck, „Steffen Lemmermann mit Victor Behring und Markus Renneke mit Christoph Portz? Oder möchte jemand tauschen?" Ein Raunen und allgemeines Kopfschütteln ging durch den Raum. „Aktenführer ist …", fuhr Bleck fort und ließ seinen Blick über die Anwesenden schweifen, „Schmittchen?" Er sah fragend zu einem rundlichen Mann, der stoisch nickte. „Ich übernehme die Leitung und erwarte selbstverständlich Ihre Berichte, sobald Sie etwas in Erfahrung bringen." Mit einem dicken Filzschreiber notierte er „Mo-Ko Telgte" und den Fundort auf dem Flipbord. „Ich wünsche Ihnen viel Erfolg!" sagte er und breitete die Arme aus. Sofort erhob sich Stimmengewirr. Die Anwesenden setzten sich in Bewegung und verließen den Raum. Jeder wusste, was er zu tun hatte. „Wir fahren direkt zum Tatort!" meldete Steffen dem Ersten Kommissar. Bleck, der ins Gespräch mit dem Aktenführer Schmitt vertieft war, sah nur kurz auf und nickte.

„Und was ist mit mir?" fragte eine dünne Stimme leise. Bleck drehte sich zu der jungen Frau um, die leicht verlegen an ihrer pinkfarbenen Lack-Handtasche nestelte. Fingerschnipsend zeigte er auf Steffen und Victor. „Sie fahren bis auf Weiteres mit Herrn Behring und Herrn Lemmermann mit!" Victor ließ den Kopf sinken, während Steffen über das ganze Gesicht strahlte.

„Hallo, ich bin Jenny – Jenny Petersen!" stellte sich die schmale Person vor und streckte ihren Arm aus.

„Der alte Mann hier ist Victor Behring", deutete Steffen mit dem Daumen auf seinen Partner. „Und ich bin Steffen Lemmermann!"

In einem fensterlosen Raum im Keller holten sie ihre Pistolen aus den metallischen Schließfächern, verstauten sie am Körper und gingen zum Parkplatz, wo die zivilen Dienstwagen standen. Jenny versuchte mit den beiden Schritt zu halten.

5. Sonntag, 5:42 Uhr

Obwohl er die Nacht draußen geschlafen hatte, wurde er von dem Lärm wach, der aus den Containern kam. Lautes Geschrei drang über den Platz. Wie üblich.

Die allmorgendlichen Streitereien und das Gebrüll, vor allem aber die verbrauchte, stickige Luft in den Schlafräumen der Spargelstecher, die von kaltem Zigarettenrauch und Schweiß gesättigt war, waren der Grund, warum Marek draußen schlief.

„Colera jasna![1]" murmelte er, als das Geschrei noch lauter wurde. Er setzte seine Brille auf, sah auf die Armbanduhr und richtete sich auf. Mit allergrößter Sorgfalt drehte er sich eine Zigarette, zündete sie an und inhalierte tief. Wie fast jeden Morgen gab es Streit, und meistens war Janusch dafür verantwortlich. Seitdem sich dieses hagere Kerlchen zum Vorarbeiter hochgedient hatte, glaubte er der Chef zu sein und alle anderen bevormunden zu können. Er war unausstehlich. Marek kannte Janusch schon lange. Sie kamen aus dem gleichen Dorf, in der Nähe von Warschau. Janusch war dort ein Niemand. Einer, der für ein paar Zloty am Fließband stand und der sich mit Gelegenheitsjobs sein Geld für Wodka und gelegentliche Besuche im Bordell verdiente. Hier hingegen war er der cholerische Aufseher, der jeden Morgen für schlechte Stimmung sorgte.

Krzysztof und Adam kamen kopfschüttelnd aus dem Schlafcontainer heraus, grüßten Marek und verschwanden in Richtung Waschraum. Marek stand auf und streckte sich. Janusch stand plötzlich vor ihm: „Wir fahren um Punkt sechs ab. Also beeil dich!"

---

1 „Mist!"

„Du musst mir nicht sagen, was ich zu tun habe! Du nicht!" erwiderte Marek gelassen und blies ihm Rauch ins Gesicht.

„Ty gnój!" brüllte Janusch so laut, dass die Adern an seinem Hals hervortraten.

Marek tippte sich an seine Brille: „Janusch, ich habe schlechte Augen, meine Ohren sind allerdings ausgezeichnet. Du brauchst also nicht so zu schreien." Die zwei Männer standen nun so nah voreinander, dass sich fast ihre Nasenspitzen berührten. Als hinter ihnen weitere Spargelstecher aus den Containern kamen, fuhr Janusch herum und schrie sie an, dass sie sich beeilen sollten.

Er hob den Finger: „Wir sprechen uns noch!" drohte er und ging wutentbrannt weg.

Marek zog genüsslich an seiner Zigarette und grinste. Er wollte sich nicht länger von Janusch tyrannisieren lassen – und er musste es auch nicht mehr. Er war hinter die dunklen Machenschaften gekommen, die Marek jede Menge Extraeuros einbrachten. Bei der nächsten Gelegenheit würde Marek ihn zur Rede stellen, und dann würde er die Bombe platzen lassen.

2 „Du kleiner Mistkerl!"

6. Sonntag, 8:40 Uhr

Victor und Steffen stiegen synchron aus dem Opel und bewegten sich auf den Tatort zu. Jenny Petersen trippelte hinterher. Die Sonne stand über dem Waldrand und zeigte jetzt schon ihre ganze Kraft. Uniformierte Polizeibeamte sicherten einen großzügig abgesperrten Ort um einen Geländewagen, leiteten den Verkehr um und gewährleisteten, dass niemand den Tatort betrat. Mehrere Männer in weißen Schutzanzügen sammelten mutmaßliche Beweise, inspizierten das Auto und die Umgebung. Ein Mann mit Kamera fotografierte alles sorgfältig und machte sich Notizen.

„Sieh an", raunte Victor, „Henry hat Dienst."

„Der Tatort ist das Spiegelbild der Tat!" knödelte Steffen mit erhobenem Zeigefinger und verstellter Stimme. Sie blieben vor dem Absperrband stehen.

„Kann ich?" fragte Victor laut und blinzelte in die aufgehende Sonne. Einer der Männer in den weißen Anzügen, die den Tatort untersuchten, winkte die Kommissare heran. „Aber nichts anfassen! Der Tatort ist das Spiegelbild der Tat!" sagte ein älterer Mann mit einem grauem Schnurrbart, der an den Seiten hochgezwirbelt war. Victor drehte sich zu Jenny Petersen: „Nichts anfassen, nicht dazwischen reden – nur zugucken und zuhören!" Sie nickte. Die drei tauchten unter dem rot-weißen Absperrband her. Steffen ging von hinten um den Wagen herum, Victor bewegte sich zielstrebig auf den Mercedes zu und beugte sich vorsichtig hinein. „Hallo Henry, was haben wir?" fragte er und betrachtete den Toten. Aus einem kleinen Loch an der linken Schläfe war Blut ausgetreten und am Hals entlang in den Kragen gelaufen. Der Mann mit dem Schnäuzer und dem weißen Overall lehnte sich an den Kotflügel und sah auf die Papiere auf seinem Klemmbrett. „Das Opfer ist männlich, etwa 40 bis 45 Jahre alt, irgendwann zwischen 22 und 0 Uhr erschossen worden. Genaues kann ich aber erst sagen, wenn die Untersuchungsergebnisse vorliegen. Ein Rentner hat ihn entdeckt, ein Wallfahrer. Guten Morgen, Victor!" Victor holte sein Handy hervor und machte ein Foto von dem Gesicht des Toten. Er achtete peinlich genau darauf, möglichst wenig von den Verletzungen aufs Bild zu bekommen.

Steffen stellte sich dazu: „Henry, Henry, Henry!" sagte er in mahnendem Ton, „immer, wenn ich dich sehe, ist irgendjemand tot. Das kommt mir allmählich verdächtig vor." Ohne Reaktion griff der Rechtsmediziner mit seinen Latexhandschuhen in den Wagen und drehte den Kopf des Opfers auf die Seite. Ein klaffendes Loch, in das bequem eine Faust gepasst hätte, kam zum Vorschein, und ein Schwarm Fliegen erhob sich laut surrend von der Wunde. „Ein Halbmantelgeschoss", fuhr Henry teilnahmslos fort, „macht vorne ein kleines Loch und reißt hinten ein großes auf. Sehr unschön!" Jenny Petersen wandte sich ab und versuchte einen Würgereiz zu unterdrücken.

„Durchs geschlossene Fenster?" fragte Victor und zeigte auf die kaputte Scheibe. Henry nickte: "Es hat wie aus Eimern geregnet."

„Also schlecht, um eventuelle Spuren zu sichern?"

„Schlecht ist gar kein Ausdruck."

„Irgendwelche Besonderheiten?"

„Eigentlich nicht."

„Fehlt etwas?" wollte Victor noch wissen.

„Seine rechte Gesichtshälfte", murmelte Steffen und beugte sich nun auch durch das Fenster.

„Es waren kein Portemonnaie oder Papiere im Auto, aber das hier lag auf dem Beifahrersitz", sagte der Mediziner und hielt einige Plastikbeutel hoch, in denen ein Handy und etwas Bargeld steckte.

„Bitte die letzten Nachrichten, Anrufe, Nummern und alles, was er mit diesem Telefon gemacht hat", bat Steffen. Henry nickte.

Ein dunkelgrauer Transporter fuhr rückwärts an den Tatort heran, zwei Männer stiegen aus und zogen einen ebenfalls dunkelgrauen Kunststoffsarg von der Ladefläche.

„Morgen, Henry. Bist du fertig?" rief einer der beiden.

„Ja, ihr könnt", rief Henry zurück und winkte die Männer heran.

„Wissen wir, wem der Wagen gehört?" fragte Steffen und notierte sich das Nummernschild des Geländewagens.

„Wissen wir", nickte Henry und blätterte in seinen Unterlagen. „Der Halter ist ein gewisser Bernhard Große Sterk, ein Spargelbauer, wohnhaft in Telgte - Raestrup heißt das wohl und muss irgendwo da sein!" Mit einer Kopfbewegung zeigte er über die Gleise auf ein Schild, das Erdbeeren, Spargel und Kartoffeln anpries. Mit geübten Griffen verfrachteten die beiden dunkel gekleideten Männer die Leiche aus dem Auto in die Kunststoffkiste.

„Sonst irgendetwas Auffälliges?" fragte Victor und beobachtete die Männer, die den Sarg verschlossen und ihn zurück auf die Ladefläche schoben. Henry schüttelte den Kopf.

„Also, auf zu den Hinterbliebenen", bestimmte Victor und bedankte sich bei Henry, der schon wieder in seinen Papieren blätterte. Steffen zückte sein Telefon und unterrichtete die Leitstelle davon, dass sie nun zum Haus des Wagenhalters fahren würden.

7. Sonntag, 9:12 Uhr

Die Zufahrt zum Spargelhof führte durch ein kleines Wäldchen und mündete in eine Allee. Der asphaltierte Weg war von alten, breiten Eichen gesäumt und gab den Blick auf den Hof erst frei, als sie aus der Allee hinausfuhren. Ein großes dreistöckiges Ziegelstein-Gebäude mit sandsteingefassten Fenstern stand an der Stirnseite eines geräumigen Platzes. Zu beiden Seiten des Haupthauses erstreckten sich lange Scheunen und Stallungen. Rechts hinter den Gebäuden waren mehrere Metallcontainer, wie Victor sie von Baustellen kannte, übereinander gestapelt. Auf dem Hof herrschte geschäftiges Treiben. In den weit geöffneten Scheunen stapelten Arbeiter Kunststoffkisten, standen an einer glänzenden, surrenden Maschine, die mit Spargelstangen gefüttert wurde oder sortierten das, was andere Arbeiter in neuen Kisten anbrachten. Jenny Petersen und Steffen gingen um die Gebäude herum, Victor strebte geradewegs in die belebte Scheune. „Ich würde gerne jemanden aus der Familie Große Sterk sprechen!" sagte er zu einem hageren Mann, der Anweisungen an die anderen gab. Ohne Victor anzusehen schrie er etwas auf Polnisch in die Halle und drehte sich dann um: „Sähen Sie bitta dort!" sagte er mit starkem Akzent und deutete auf eine hochgewachsene Person, die gerade den Hof überquerte und in Richtung Haupthaus ging. Victor folgte dem dunkelblonden Mann. "Sind Sie Herr Große Sterk?" Der Mann drehte sich um und sah Victor mürrisch an. Er war ein vierschrötiger Kerl, dem die harte Arbeit bei Wind und Wetter ins Gesicht geschrieben stand. Groß und breitschultrig.

„Herr Große Sterk?" wiederholte Victor.

„Wer will das wissen?" fragte der schlecht rasierte Mann barsch, der große Ähnlichkeit mit dem Toten hatte. Man konnte sehen, dass es sich um Brüder handeln musste, wenn auch dieses Exemplar die gröbere Ausführung zu sein schien.

„Dein Freund und Helfer, die Polizei!" Victor zog seinen Dienstausweis aus der Tasche und hielt sie seinem Gegenüber dicht vor das Gesicht. Der Mann sah Victor ernst an: „Es sind alle legal hier! Alle haben Papiere und sind angemeldet!" erhob er die Stimme.

„Sind Sie Herr Große Sterk?" wiederholte Victor seine Frage mit Nachdruck.

„Ja!" rief der Mann, „was wollen Sie denn?"

„Mit Ihnen reden." antwortete Victor.

Jenny und Steffen kamen dazu. „Das sind meine Kollegen, Hauptkommissar Lemmermann und – äh – Frau Petersen." Steffen zeigte seinen Ausweis.

Große Sterk ließ seinen Blick über den Hof schweifen und überlegte kurz. „Gehen wir doch rein." sagte er nun, stieg die Stufen zum Hauptportal hoch und öffnete die schwere Eichentür.

In der großen, rustikalen Diele war es ruhig und angenehm kühl. Mehrere dunkelbraune Türen gingen zu allen Seiten ab. An den Wänden hingen Geweihe, Tierschädel und andere Jagdtrophäen. In einer Ecke des schwarz-weiß gefliesten Bodens lag ein Hund auf einer Decke, der kurz den Kopf hob, sich dann aber wieder schlafen legte. Ein großer Stammbaum mit Ahnengalerie und den jeweiligen Namen darunter füllte fast die Stirnseite des Raumes. Victor betrachtete die Bilder genau und erkannte die beiden Große Sterk-Brüder. Sie bildeten den einen Strang der Familie. Der andere, größere Zweig der Familie waren die Bornholdts.

„Also, was ist los?" fragte Große Sterk, bot mit einer Handbewegung die Stühle an, die vor dem offenen Kamin standen und lehnte sich selbst an den großen Esstisch, der den Raum dominierte.

„Sagen Sie uns Ihren ganzen Namen", eröffnete Steffen das Gespräch. Große Sterk verschränkte die Arme und zögerte. „Bitte!" ergänzte Victor.

„Bernhard – Heinrich – Große – Sterk!" sagte er schließlich widerwillig. Victor holte seinen Block aus der Gesäßtasche und machte sich Notizen. „Also sind Sie der Halter eines schwarzen Geländewagens mit dem amtlichen Kennzeichen WAF JO-178?"

„Was soll das, bin ich bei Rot über die Ampel gefahren?" fragte Große Sterk ungeduldig.

„Ist das Ihr Fahrzeug?" wiederholte Victor ruhig.

„Ja!" schrie sein Gegenüber unbeherrscht.

„Können Sie uns sagen, wo sich der Wagen im Moment befindet?" fragte nun Steffen.

„In der Garage!" antwortete Große Sterk und deutete mit dem Arm in Richtung Hof. „Das heißt, mein Bruder hat ..." überlegte er und hielt inne. Er sah von einem zum anderen und schien etwas zu ahnen. „Was ist passiert?" flüsterte er, „ist irgendetwas mit meinem Bruder?"

„War Ihr Bruder mit Ihrem Wagen unterwegs?" fragte Steffen.

„Was ist mit Martin?" rief Große Sterk. Victor räusperte sich. Es waren diese Momente, in denen er seinen Beruf hasste. Einem Menschen die Nachricht zu überbringen, dass ein anderer Mensch tot war, einen Unfall gehabt hatte oder sogar ermordet worden war, schnürte ihm jedes Mal den Hals zu. Auch jetzt.

„Herr Große Sterk, wir haben Ihren Wagen gefunden. Dort hinten bei den Gleisen", er suchte nach den richtigen Worten, „mit einem Toten darin. Vielleicht mit Ihrem Bruder." Bernhard Große Sterk sah ihn ungläubig an. Endlich schien er zu verstehen. Er suchte Halt am Tisch und sackte auf einen Stuhl. Victor stand auf und holte sein Handy aus der Hosentasche. „Ist das Ihr Bruder?" fragte er und zeigte ihm das Display mit dem Bild des Toten darauf. Wortlos nickte Große Sterk. „War es … ein Unfall?" fragte er heiser.. Victor legte ihm die Hand auf die Schulter. „Nein, es war wohl eher ein … Tötungsdelikt."

„Was bedeutet Tötungsdelikt? Heißt das … Mord?"

Victor nickte, und Bernhard Große Sterk saß bewegungslos auf dem Stuhl und sah verstört von einem zum anderen.

In diesem Moment ging eine der Türen auf und eine junge Frau mit Reiterhose und blondem Pferdeschwanz kam in die Diele. Sie stockte, als sie die Männer sah. „Hallo!" rief sie unsicher in die Runde. Als niemand reagierte, blickte sie fragend auf Bernhard Große Sterk.

„Sophie!" sagte der. Er stand auf, ging auf sie zu und nahm ihre Schultern in beide Hände. Er war einen Kopf größer als sie und wirkte plötzlich sicher und stark. Er beugte sich nach unten, um mit ihr auf Augenhöhe zu sein: „Onkel Martin ist … also … wie es aussieht, hatte er einen Unfall … und er ist … wohl … dabei … gestorben." Mit großen Augen sah Sophie erst Große Sterk, dann die anderen Anwesenden an. Einen Moment zögerte sie, dann riss sie sich los und rannte aus der Haustür ins Freie. „Sophie!" rief Große Sterk und lief zur Tür. „Sophie", sagte er noch einmal leise und sah ihr nach, auf den Hof hinaus. Dann schloss er die Tür und ließ sich erneut auf einen Stuhl fallen. „Sie ist in letzter Zeit sowieso schon so verändert. So ernst. So traurig. Und jetzt auch noch das."

„Wer wohnt hier im Haus?" fragte Victor nach einer kurzen Pause.

„Meine Tochter", sagte Große Sterk und deutete mit dem Daumen auf die Tür, aus der Sophie gekommen war, „meine Frau, Stefanie, und ich … und meine Mutter und mein Bru …!" flüsterte er, senkte den Kopf und vergrub sein Gesicht in seinen großen Händen.

„Wo sind die anderen jetzt?" wollte Steffen wissen.

„Meine Frau beliefert grade ein paar Restaurants in der Gegend und meine Mutter ist irgendwo draußen. Es ist Spargelzeit. Hochsaison! Wir müssen jetzt das Geld fürs ganze Jahr verdienen. Da müssen alle mit anpacken."

„Wann ist Ihre Frau wieder da?"

„Spätestens um zwölf – dann muss sie im Hofladen stehen."

„Hatte Ihr Bruder Feinde?" wollte Steffen wissen, der nun auch aufgestanden war und am Fenster stand. Große Sterk sah Steffen an, als hätte er ihn zutiefst beleidigt. Nach einem kurzen Moment schüttelte er den Kopf: „Nicht mehr als Sie auch!"

„Warum hat er Ihren Wagen genommen? Hatte er keinen eigenen?"

Große Sterk stieß Luft durch die Nase: „Er hat einen. Einen Oldtimer. Eine DS von Citroën. Die Karre ist total anfällig. Jetzt läuft sie mal wieder nicht, weil irgendetwas an der Hydraulik kaputt ist."

„War es normal, dass er mit dem Wagen gefahren ist?"

„Ja, wir nehmen das nicht so genau. Jeder fährt mit dem Wagen, der grade da ist oder den er grade braucht."

„Haben Sie sonst noch PKW?"

„Meine Frau hat einen Kombi und Sophie einen Mini-Cooper. Den hat sie zum Abitur bekommen – von Martin. Ach, und dann noch die Firmen-Bullis. Die brauchen wir hauptsächlich um die Arbeiter zu transportieren und den Spargel auszuliefern."

Victor machte sich Notizen.

„Können Sie uns die Wohnung zeigen, in der Ihr Bruder gelebt hat?"

„Ja natürlich!"

„Und Sie haben doch bestimmt auch nichts dagegen, wenn wir uns ein wenig umsehen", Große Sterk schien abwesend durch Victor hindurchzusehen. „Und ein paar Fragen stellen!" ergänzte Victor. Große Sterk stand nun auf: „Nein! Natürlich nicht. Hauptsache, ihr kriegt das Schwein, das meinen Bruder getötet hat." Er bewegte sich in Richtung Ausgang. „Haben Sie die geschossen?" fragte Steffen, der unter dem Geweih eines Achtenders stand und dieses genau zu betrachten schien. Große Sterk legte die Stirn in Falten: „Den nicht, den hat mein Vater geschossen, aber ein paar andere. Ja!"

„Sie haben also einen Waffenschein?"

„Ja!"

„Wer noch?"

„Nur mein Bruder und ich."

„Und befinden sich Waffen im Haus?"

„Ja!"

„Wo?"

„In meinem Arbeitszimmer in einem Waffenschrank."

„Kann ich mir den mal ansehen?"

„Bitte!" nickte Große Sterk, durchquerte den Raum, öffnete eine der Türen und ging in den Nebenraum. Steffen folgte ihm, ließ sich die vier Jagdgewehre, die Munition und sämtliche Papiere dazu zeigen, die ordnungsgemäß in dem schweren Metallschrank aufbewahrt und verschlossen waren.

„Wenn Sie dann mitkommen wollen", herrschte Große Sterk die Kriminalisten an, als er zurück in die Diele kam. „Dann zeige ich Ihnen sein Zuhause!" Er hatte die Tür erreicht und wollte sie gerade öffnen, als Victor die Standardfrage stellte: „Wo waren Sie denn gestern Abend?"

8. Sonntag, 10:14 Uhr

Draußen war es heiß und hell. Bernhard Große Sterk ging zielstrebig auf die größte aller Scheunen zu, in denen die Arbeiter unermüdlich die gleichen Handgriffe taten, stellte sich neben die Spargelschälmaschine, die ratternd ihre Dienste verrichtete, und schlug mit der flachen Hand auf das Edelstahlgehäuse.

„Ich habe bis kurz nach Mitternacht unser bestes Stück gewartet. Es kommt immer wieder vor, dass die Förderbänder klemmen oder die Messer ausgetauscht werden müssen. Und einen Stillstand können wir uns nicht leisten. Die muss jeden Tag laufen. Sonst können wir hier zu machen."

„Es ist eine Frage, die wir stellen müssen. Sie wollen doch auch, dass wir den Täter finden, oder?" erklärte Victor. „Ja sicher!" gab Große Sterk klein bei und ging in die Mitte des Hofes, deutete auf ein kleines Fachwerkhaus, das sich zwischen Haupthaus und Waldrand unter eine breite, knorrige Eiche zu ducken schien. „Da hat er gewohnt. Die Tür müsste auf sein. Bitte! Wenn Sie mich jetzt entschuldigen wollen, ich habe einen Betrieb zu leiten. Da ist jede einzelne Hand wichtig. Da darf auch nicht einer ausfallen!" Er bemerkte seinen barschen Ton und senkte den Kopf: „Außerdem habe ich eben meinen Bruder verloren." Ohne eine Antwort abzuwarten, drehte er sich um und ging in Richtung Hofladen, am Ende der Scheunenreihe.

Victor pustete mit dicken Backen durch den Mund aus, als Große Sterk außer Sichtweite war.

„Du die Polen, ich das Haus", sagte Steffen und drückte sich an seinem Kollegen vorbei. Victor hielt Steffen am Ärmel fest und zog ihn zurück: „Ich das Haus und ihr die Polen." Wortlos drehte Steffen sich um und deutete Jenny Petersen mit einer Kopfbewegung an, dass sie beide sich zu den Arbeitern in die Scheune begeben würden.

Victor ging zu dem kleinen Backhaus, das in gut renoviertem Zustand war und in der gleißenden Junisonne zum Eintreten einlud. Links und rechts des Eingangs standen exakt geschnittene Buchsbäumchen. Die weiße Lacktür war tatsächlich nicht abgeschlossen, und Victor trat ein. Vorsichtshalber stülpte er sich weiße Latexhandschuhe über. Die gesamte untere Etage stellte sich als ein einziger Raum dar, der modern und geschmackvoll eingerichtet war. Vor den bordeauxroten Wänden wirkten die Möbel, die teilweise antik waren und zum Teil aus Einzelstücken von namhaften Designern bestanden, ein bisschen wie in einem Schöner-Wohnen-Heft. Die in den Raum integrierte offene Küche war aufgeräumt und elegante Küchenhelfer glänzten in poliertem Chrom. Victor war kurz versucht, den Kaffeevollautomaten, der in der Mitte der Arbeitszeile thronte, anzuwerfen und sich einen großen Cappuccino zu machen. Er hatte noch nicht gefrühstückt und das flaue Gefühl in seinem Magen wurde stärker. Eher aus seinem aktuellen Bedürfnis als aus beruflicher Neugierde öffnete er den Kühlschrank. Prosecco, Weißwein, verschiedene Käsesorten und sonst Übliches boten sich ihm dar, und er durfte nicht einmal davon probieren. Er warf die Kühlschranktür zu und schlenderte weiter durch den Raum. Zeitungen und Zeitschriften lagen herum. Ein aufgeräumtes und nett eingerichtetes Domizil, in dem man sich durchaus wohlfühlen konnte, was man von seinem eigenen, neuen Zuhause, in dem noch Chaos und Durcheinander herrschten, nicht gerade behaupten konnte. Er fand nichts Außergewöhnliches, was seine Aufmerksamkeit beansprucht hätte, also nahm er sich den Rest des Hauses vor. Vorbei an Bücherregalen gelangte er über eine offene Stahltreppe in die obere Etage, die ein kleines Büro, ein Schlafzimmer und ein komfortables Badezimmer beherbergte.

Auf dem Glasschreibtisch in dem Büro stand ein Laptop, lagen Papiere, Briefe und Werbeprospekte. Daneben ein Schlüsselbund und ein Portemonnaie. Victor klappte das Laptop auf, schaltete es an und untersuchte die Geldbörse, während das Gerät hochfuhr. Er zählte etwas mehr als 400 Euro in kleineren Scheinen, fand Quittungen und Einkaufsbons, Kreditkarten und Ausweise. Auf dem Bild, das im Führerschein klebte, war eindeutig der Tote zu erkennen.

Mit einer bekannten Melodie signalisierte der Computer, dass er bereit war. Victor wusste nicht genau, wonach er suchen sollte, doch er hoffte auf irgendeinen Hinweis auf den Täter oder das Motiv. Er klickte sich durch ein paar Programme und öffnete den Mail-Account. Er sah im Posteingang nach, von wem Martin Große Sterk Nachrichten bekommen hatte. Spam- und Werbemails, lustige Bildchen von Freunden und immer wieder Nachrichten von einem b-groehn@web.de. Victor klickte die letzte an:

Martin,
kann Dich nicht erreichen. Finde, dass Du mir noch einige Erklärungen schuldig bist!
Melde Dich endlich! – B.

Victor öffnete einige andere Mails von dem gleichen Verfasser, die alle einen ähnlichen Inhalt hatten.

„Jemand, der eine Erklärung fordert. Ein Freund, der sauer ist, oder vielleicht eine verlassene Geliebte?" fragte sich Victor halblaut und klappte das Notebook zu. Er sprach oft mit sich selbst. Das half ihm seine Gedanken zu ordnen. „Was für eine Erklärung?"

Er stand auf und klemmte sich den Computer unter den Arm, bereit, seine Kollegen einzusammeln und sich nun endlich ein Frühstück zu gönnen.

Als er den kleinen Raum verlassen wollte, fiel ihm ein Papier auf, das auf der Rückseite der geöffneten Tür hing. Er schloss die Tür und sah auf den A0-großen Bogen. Striche, Linien und mehrere Kästchen – eine Art Karte. Victor hatte erst etwas Mühe sich zu orientieren. Es schien ein Lageplan zu sein, der diese Gegend zeigte. Ein Plan, auf dem die Straße, der Hof und in einer anderen Farbe mehrere unterschiedlich große Häuser und Reihenhäuser eingezeichnet waren. Anerkennend pfiff er durch die Zähne. „Schau an!"

Diesen Plan rollte er zusammen und nahm ihn mit, schaute sich noch einmal im Haus um und ging zurück zum Auto, wo er seine Beute im Kofferraum verstaute. Steffen kam kopfschüttelnd auf ihn zu: „Schwierig! Es ist fast keiner da. Die arbeiten in zwei Schichten. Erste Schicht von sechs bis mittags und zweite Schicht am Nachmittag bis zum Abend. Die meisten sind jetzt auf dem Feld, und die paar Leute, die hier sind, sprechen erstens nur Polnisch und haben zweitens nichts gesehen. Wie auch, die Container liegen hinter den Gebäuden. Von dort kann man nicht sehen, wer auf den Hof fährt, oder runter."

„Also gar nichts!" versuchte Victor es zusammenzufassen, der mit dem Bauch an der Fahrertür lehnte und Steffen über den Wagen hinweg betrachtete. „Nicht ganz", grinste Steffen, verschränkte die Arme und legte sie auf das Autodach. „Zwei Arbeiter haben mitbekommen, wie die beiden Große Sterks gestern Abend einen Riesenstreit miteinander hatten."

„Ja sieh mal einer an, worum ging es denn?" staunte Victor.

„Das konnten Lolek und Bolek nicht sagen. Dazu waren sie zu weit weg. Und hast du auch etwas rausgefunden, oder wolltest du dir nur ein paar Dekotipps abgucken?"

Victor berichtete von den Mails und von dem Lageplan, der eine komplette Siedlung zeigte, davon, dass das Häuschen tatsächlich sehr geschmackvoll eingerichtet war, und dass er einen fürchterlichen Hunger hatte.

„Also was können wir tun?" wollte Steffen wissen.

„Hier ist momentan unser einziger Ansatz. Wir können nur warten, dass Frau Große Sterk und die Spargelstecher wiederkommen."

„Also Frühstück?" fragte Steffen.

„Frühstück!" antwortete Victor, der genau wie sein Gegenüber die Wagentür öffnete und sich auf den Sitz fallen ließ. Einen Moment lag saßen sie schweigend nebeneinander.

„An was denkst du?" fragte Steffen, als er die Tür zuzog. Victor sah ihn wie ein kleiner Junge an, dem man sein Lieblingsspielzeug weggenommen hat. „Mir fällt grade wieder ein, dass heute Abend Geburtsvorbereitungskurs ist."

„Ja und?"

„Mit den Vätern."

„Wer ist der Vater?" fragte Steffen grinsend. Victor startete den Motor und fuhr los. Auf der Mitte der Allee bremste er abrupt, blieb stehen und sah seinen Kollegen wortlos an. „Oh nein", grummelte Steffen, sah nach hinten und schlug sich mit der flachen Hand vor die Stirn. Im Rückwärtsgang raste der zivile Polizeiwagen zurück auf den Hof und hielt auf dem Platz.

„Sollte das ein Witz sein?" Mit beleidigter Miene öffnete Jenny Petersen die hintere Wagentür und stieg ein. Mit Vollgas fuhr der Opel davon.

9. Sonntag, 10:56 Uhr

Auf dem Marktplatz von Telgte luden freie Bistrotische zu einer Pause ein. Victor, Steffen und Jenny Petersen nahmen unter einer großen Kastanie Platz. In ihrer Nähe stand die Bronzeskulptur eines Mannes mit Schirmmütze und Glocke. Obwohl sie die Ermittlungen grade erst begonnen hatten, nahmen sie sich Zeit für einen schnellen Imbiss. Sie waren schließlich alle sehr früh aufgestanden und hatten noch nichts zu sich genommen. Außerdem war es eine gute Gelegenheit für eine erste Bestandsaufnahme. Sie bestellten Kaffee, Wasser und belegte Brötchen.

Victor bemerkte die vielen jungen Familien mit Kinderwagen, Joggern oder Buggis, in denen vergnügte Babys oder Kleinkinder saßen. Entweder war die Geburtenrate in Telgte sehr viel höher als in anderen Orten oder es fiel ihm verstärkt auf, weil er selber Vater wurde. Doch das war im Moment nicht sein Thema. Er konzentrierte sich auf den Fall.

„Also, was haben wir bis jetzt?" fragte Victor in die Runde, während Steffen zugleich sein Notizblock auf den Tisch warf. „Frau Petersen?" Irritiert sah Jenny Petersen von einem zum anderen. „Ja?"

„Was haben wir bis jetzt?" wiederholte Victor.

„Einen Toten und seinen Bruder", antwortete die junge Frau eher fragend. Victor hielt den Notizblock hoch und blätterte demonstrativ in den Aufzeichnungen, die vier eng beschriebene Seiten füllten. „Niemand kann sich alles merken, und wenn wir nicht alles aufschreiben, dann geht uns vielleicht ein wichtiges Detail verloren. Das hier ist unsere wichtigste Waffe. Nicht unsere Pistolen." Jenny Petersen nickte verlegen.

„Hat man Ihnen eigentlich schon eine Dienstwaffe ausgehändigt?"

„Ja."

„Darf ich fragen, wo Sie die haben?" fragte Victor nach einer kurzen Pause.

„Hier drin…" antwortete Jenny leise und hob ihre Handtasche hoch, die in der Sonne glänzte. Victor setzte zu einer Standpauke an, als sein Handy klingelte. Er meldete sich und telefonierte mit gedämpfter Stimme, während Steffen die Hand auf Jenny Petersens Arm legte und sie so ein wenig zu beruhigen versuchte. Eine Bedienung kam und brachte Kaffee und frisch belegte Brötchen.

„… ich dich auch!" beendete Victor das Gespräch, ließ sein Telefon in die Hosentasche zurückgleiten und fragte, wo sie stehen geblieben waren.

„Du warst gerade bei diesem frischen Kürbiskernbrötchen mit Käse und Gürkchen", antwortete Steffen und hielt ihm den Teller hin.

„Also gut! Brainstorming! " sagte Victor mit vollem Mund. „Was denkst du, Steffen?"

Der massierte sich den Nacken. „Ich denke, es war ein Mann."

„Warum?"

Steffen grinste: „Weil 90 Prozent der Verbrechen von Männern begangen werden. Und wenn Frauen morden, dann machen sie das mit Gift oder Ähnlichem. Statistisch gesehen wird ein Gewehr oder eine Pistole eher von Männern genutzt."

Victor schlürfte seinen Kaffee.

„Und was denken Sie, Frau Petersen?"

„Wir müssen rausbekommen", antwortete sie zögerlich, um bloß nichts Falsches zu sagen, „wer ein Motiv hat, Herrn Große Sterk umzubringen."

„Sehr richtig! Aber welchen? Herrn Große Sterk oder Herrn Große Sterk?" merkte Victor an und biss erneut in sein Brötchen.

Nach einer Pause nickte Steffen. „Ja klar! Entweder wollte der

Mörder tatsächlich Martin Große Sterk umbringen, den Mann, der im Auto gesessen hat, oder es geht eigentlich um seinen Bruder, den Besitzer des Wagens: Bernhard Große Sterk. Niemand kann eine Person erkennen, die bei Regen und Dunkelheit in einem Auto sitzt. Zumal es sich um Brüder handelte, die sich ähnlich sehen. Vielleicht hat sich der Mörder vertan!"

Jenny Petersens Gesicht erhellte sich.

„Das bedeutet doppelte Arbeit!" fuhr Victor fort, „wir haben die doppelte Anzahl von Personen, die wir überprüfen müssen. Und wir müssen rausbekommen, wer einen guten Grund haben könnte, den einen oder den anderen Bruder umbringen zu wollen."

Nach einer Gesprächspause räusperte sich Jenny Petersen und fragte zurückhaltend: „Wo fängt man in so einem Fall wie diesem an?"

„Das ist eine gute Frage", gab Victor zur Antwort und klopfte dabei mit dem Zeigefinger auf die Tischplatte, „wir gucken uns das Umfeld an. Familie, Kollegen, Freunde, Vereine, Klübchen, soziale Kontakte, Vorlieben, Abneigungen und eben alles, was den Menschen ausmacht. Wo sind Ungereimtheiten, wo gab es Ärger, wer konnte den Toten oder seinen Bruder nicht leiden. Darum lassen wir auch das Handy und den Computer untersuchen." Als Zeichen, dass sie alles verstanden hatte und ab nun eine gelehrige Schülerin sein würde, nickte Jenny Petersen. „Und wie gehen wir heute weiter vor?" fragte sie und demonstrierte so ihre Motivation.

Victor antwortete: „Der einzige Punkt, an dem wir im Moment ansetzen können, sind die Leute auf dem Spargelhof. Wir werden gleich, wenn Frau Große Sterk von ihrer Tour wieder da ist, zurück zum Hof fahren. Vielleicht hat sie etwas gesehen oder kann uns sagen, wer ein Motiv haben könnte."

„Oder sie hat selber ein Motiv", warf Steffen ein und biss ein großes Stück aus seinem Brötchen.

„Oder das! Wenn wir das Motiv haben, haben wir den Täter."

Victor beugte sich zu Jenny vor und sprach in gedämpftem Ton: „Vielleicht wechseln Sie bei Gelegenheit Ihr Schuhwerk. Damit können Sie nicht einmal einem Handtaschenräuber hinterherlaufen." Jenny sah auf ihre Glitzersandalen und versprach Besserung.

Als sie fertig gefrühstückt hatten und zum Wagen zurückgingen, fielen Victor einige Pflastersteine auf, die rot glasiert waren und eine Art Wegweiser zu sein schienen. Er fragte sich, warum es diese roten Steine gab und wohin sie führten. Er beschloss, der Sache bei Gelegenheit auf den Grund zu gehen, doch jetzt lag Wichtigeres an.

10. Sonntag, 14:10 Uhr

„Versucht ihr doch noch mal etwas von den Spargelstechern zu erfahren", sagte Victor und deutete mit dem Kinn in Richtung eines VW Bullis, der gerade auf den Hof gefahren kam. Die Schiebetür wurde geöffnet und verschwitzte Frauen und Männer stiegen aus.

„Jawohl Chef!" salutierte Steffen. Victor drehte sich zum Gebäude. *Hofladen* stand in grüner altdeutscher Schrift über der Eingangstür. Im Inneren war es merklich kühler. Von dunklen Eichenbalken hingen Mettwürste und ganze Schinken. Zwischen Kühltheken und Verkaufstischen lagen Kartoffeln, Eier und Saucenpackungen. In einem Regal stand neben Marmeladengläsern eine Vielzahl von Kochbüchern. Sogar ein Spargelkrimi fand sich dazwischen. Drei Frauen etwa gleichen Alters bedienten behände die zahlreiche Kundschaft, die den Laden bevölkerte.

Während Victor sich in den kühlen Hofladen verdrückte, ging Steffen, mit Jenny an seiner Seite, den staubigen Weg entlang hinter die Scheunen. Hier, auf der Rückseite der Gebäude, waren Wohncontainer aufgestellt, in denen die polnischen Arbeiter untergebracht waren. In mehreren Reihen standen die roten und blauen Metallbehausungen und schienen ein eigenes Dorf zu bilden. In der Mitte ein freier Platz, auf dem zu Sitzen umfunktionierte Kunststoffkisten und Klappstühle um eine Feuerstelle und einen Grill standen. Steffen und sein Anhängsel bahnten sich ihren Weg durch frisch gewaschene Wäsche, die auf Leinen zwischen zwei Containern hing, und sahen sich um.

Steffen erwartete hier nicht die Lösung des Falls, aber er war gründlich, und vielleicht hatte einer der Arbeiter irgendetwas Wichtiges gesehen, was weiter helfen könnte.

Nur einige der Spargelstecher hielten sich hier auf. Die meisten waren nach getaner Arbeit auf dem Feld müde und ruhten sich aus. Sie lagen auf ihren Betten oder hatten sich auf schattige Plätze geflüchtet. Sie sammelten Kraft, weil sie am späten Nachmittag ein zweites Mal aufs Feld gehen mussten.

Steffen steuerte auf eine Frau zu und fragte, ob sie Deutsch verstünde. Stumm sah sie ihn an. Er wiederholte seine Frage. Sie schüttelte den Kopf und zeigte auf einen Mann, der es sich auf einer Luftmatratze gemütlich gemacht hatte und ein Buch las. Steffen stellte sich vor ihn hin: „Sprechen Sie deutsch?" Der Mann wiegte seine Hand hin und her: „Geht so ..." antwortete er mit starkem polnischem Akzent.

„Ist Ihnen gestern Abend irgendetwas aufgefallen?"

Nach einem kurzen Moment schüttelte der Mann den Kopf.

„Auch kein Streit, oder dass sich jemand auffällig verhalten hat?" hakte Steffen nach. Nun stand der Mann auf: „Was du wollen?"

Steffen zeigte seinen Dienstausweis und stellte sich vor.

„Können Sie sagen, dass eine oder mehrere Personen weg waren oder sich merkwürdig verhalten haben?" fragte er mit Nachdruck.

„Meistens alle hier. Manchmal welche gehen nach Ort, aber meistens alle zu müde von Robotnik. Aber was los?"

Steffen sah ihm in die Augen: „Herr Große Sterk ist erschossen worden."

„Kurwa mać!³" entfuhr es dem Mann, und er legte eine Hand auf seine Wange. Nun wurde ihm die Bedeutung dieser Befragung klar. Er wich einen Schritt zurück und trat auf die Luftmatratze: „Ich nicht gewesen!" überschlug sich seine Stimme. „Und Kollege auch nicht! Keiner von die ist gewesen!"

---

3 „So eine Scheiße!"

„Ist ja schon gut!" beruhigte Steffen ihn, „aber wenn Ihnen noch etwas einfallen sollte, rufen Sie mich bitte an." Er überreichte ihm eine seiner Visitenkarten. Der Mann nickte und sah sich die Karte genau an.

„Wie sind denn die Brüder Große Sterk – ich meine als Chef?" meldete sich Jenny Petersen zu Wort.

„Der eine, große, mit die strubblige Haare ist … Arsch. Aber der andere ist nett."

Steffen wiederholte: „Der Große ist also nicht so nett?"

„Ja, nicht nett. Aber bitte nicht verrate!" flüsterte der Mann.

Steffen nickte zum Abschied und machte sich auf, seinen Kollegen zu suchen.

Im Hofladen wusste Victor nicht, bei welcher der drei Frauen es sich um die Hofherrin handelte. Also rief er laut über das Bestellgemurmel hinweg ihren Namen. „Frau Große Sterk!"

Eine blasse Frau mit blonden, hochgesteckten Haaren sah auf und starrte Victor an. Er sah in ihre rot unterlaufenen Augen und fragte noch einmal: „Frau Große Sterk?" Sie schien zu ahnen, dass es sich um Polizei handelte.

„Einen Augenblick", nickte sie Victor zu, wickelte bereits abgewogenen Spargel in Papier und kassierte bei einer älteren Dame. Sie wünschte noch einen schönen Tag und zwang sich zu einem Lächeln. „Kommen Sie mit", wandte sie sich an Victor. Durch eine Seitentür gelangten sie in eine Scheune, wo neben Anhängern und Traktoren ein schwarzer Citroën aus den 60er Jahren und ein Mini-Cooper untergebracht waren. Die großen Tore waren zu den Seiten aufgeschoben. „Sie sind von der Polizei?" fragte sie und strich sich eine Strähne aus dem Gesicht. Als Antwort zeigte Victor seinen Dienstausweis. „Wissen Sie schon, was passiert ist?" fragte er. Auch wenn er nicht gern Todesnachrichten überbrachte, wollte er gern sehen, wie die Betroffenen darauf reagierten. Doch Frau Große Sterk hatte offenbar schon mit ihrem Mann gesprochen. Sie nickte kaum merklich. „Wer macht so etwas?" fragte sie mit zitternder Stimme.

„Das versuchen wir rauszubekommen. Hatte Ihr Schwager Feinde?" „Nicht dass ich wüsste." Stefanie Große Sterk sah auf den Boden und dachte nach. „Allerdings hat er ... einen schlechten Ruf. Es gibt einige Frauen, die sich ... mit ihm eingelassen haben." Victor zog die Augenbrauen zusammen.

„Na ja, viele halten ihn für einen ... Frauenhelden. Vielleicht gibt es einen verlassenen Ehemann, der auf Rache aus war", ergänzte die zerbrechlich wirkende Frau.

„Meinen Sie jemanden bestimmten?"

Stefanie Große Sterk schüttelte den Kopf.

„Wussten Sie, dass Ihr Mann und Ihr Schwager gestern Streit hatten?" Sie winkte ab. „Die hatten öfter mal Streit. Grade wenn viel zu tun ist, und in der letzten Zeit sowieso."

„Warum in letzter Zeit?"

„Sie sind halt sehr unterschiedlich und haben sehr verschiedene Auffassungen vom Leben. Wenn man dann auch noch eng zusammenarbeiten muss, kann es schon mal krachen."

„Worum ging es genau?" hakte Victor nach.

„Martin hatte immer etwas kuriose Ideen, was man mit dem Hof und dem Land alles machen könnte. Mein Mann will aber, dass alles bleibt wie es ist. Darum ging es in dem Streit."

„Also ein ganz normaler Streit unter Brüdern?"

Sie nickte.

„Ja, mehr nicht", bestätigte sie nachdrücklich, „auch wenn sie sich manchmal gestritten haben, würde mein Mann doch nie ..." Ihre Augen füllten sich mit Tränen.

„Kann ich wieder?" fragte sie und deutete auf die Tür, die zum Hofladen führte. Victor putzte seine Sonnenbrille: „Wo waren Sie denn gestern Abend?" Irritiert sah sie den Kriminalisten an. „Es ist eine Routinefrage", ergänzte er in mildem Ton.

„Ich bin etwa gegen neun Uhr ins Bett gegangen."

„Eines noch, wissen Sie, wo sich Ihre Tochter und Ihre Schwiegermutter jetzt aufhalten?" Stefanie Große Sterk wischte sich die Augen trocken und schüttelte den Kopf.

„Meine Schwiegermutter ist irgendwo auf dem Gelände, und Sophie ist zu ihrem Freund gefahren." Victor drehte sich um und deutete auf den Mini-Cooper. „Aber ist das denn nicht Sophies Auto?"

„Eigentlich schon, aber sie fährt nicht gerne damit. Sie ist mit meinem Wagen unterwegs." Victor bedankte sich und setzte seine Brille wieder auf. Er sah Stefanie Große Sterk hinterher, die sich wieder in den Hofladen begab. Victor konnte sich diese zarte Person nicht an der Seite von Bernhard Große Sterk vorstellen. Schon äußerlich waren sie zu verschieden. Gegensätze ziehen sich an, dachte er.

Im Gebäude gegenüber fütterten Arbeiter unermüdlich die silberglänzende Schälmaschine. Stange für Stange verschwand im Innern und kam geschält und gewaschen auf der anderen Seite wieder heraus. Sie wurden sortiert und in unzählige Kunststoffkisten gefüllt. Arbeiter stapelten volle Kisten zu hohen Türmen oder jonglierten mit leeren herum.

Victor überquerte den Hof, als er aus dem Augenwinkel einen Lichtreflex bemerkte. Ein Wagen stand abseits des Hauptweges in dem Wäldchen, das zwischen Warendorfer Straße und dem Hof lag. Das konnte niemand sein, der Spargel kaufen wollte und wohl auch keiner, der einen Sonntagsnachmittagsspaziergang machen wollte. Also ging er hinüber. Der Weg war sandig und trocken. Die Pfützen, die sich in der letzten Nacht gebildet hatten, waren längst wieder getrocknet. Victor schwitzte, und das Lederhalfter, in dem die Pistole steckte, klebte an seinem Körper. Er erkannte einen schwarzen Golf. Die Fenster waren abgedunkelt und über die ganze Heckscheibe prangten neongelbe Schriftzeichen. „Wildhüter" stand darauf. Victor wusste nicht, was das bedeutete. Das konnte alles sein, sowohl ein Modegetränk als auch eine Punkrockband.

Bei Gelegenheit wollte er das recherchieren.

Hinter dem Golf stand ein zweiter Wagen, ein Kombi. Beim Näherkommen hörte er Stimmen. Es waren nur Satzfragmente zu verstehen. „… nie gewollt! … immer den Hof behalten … Geld! … blöde Siedlung, blödes Geld! … nie im Leben hätte mein Vater …" weinte eine verzweifelte Frauenstimme.

„Ein riesiges Arschloch …. genauso wie dein Vater auch!" hörte er eine Männerstimme sagen,

„Nein, mein Vater nicht, aber … aber … Onkel Martin … ist tot … !" Obwohl Victor nicht alles verstand, hatte er das Gefühl, dass die beiden aneinander vorbeiredeten. Als er nur noch Schluchzen hörte, trat er zu ihnen.

Sophie Große Sterk saß auf einem Baumstumpf, die Beine angezogen, die Arme um die Knie geschlungen. Neben ihr stand ein junger Mann, eine Hand auf ihrer Schulter, und versuchte sie zu beruhigen. Trotz der Hitze hatte er eine lange Jeans an, die so weit herunter hing, dass seine Boxershorts zu sehen waren. Die Baseballkappe hatte er so tief ins Gesicht gezogen, dass sie seine Augen verbarg.

„Sophie, das mit Ihrem Onkel tut mir leid", eröffnete Victor das Gespräch.

„Ja, ja, alles ganz schrecklich, jetzt aber auf Wiedersehen!" gab der junge Mann forsch zur Antwort und deutete mit dem Daumen über seine Schulter.

„Wir haben uns heute Morgen schon einmal kurz gesehen. Im Haus", sprach Victor unbeirrt weiter. Sophie nickte.

„Ich habe ein paar Fragen."

„Mann, merkst du es nicht? Dies ist ein Privatgespräch", zischte der junge Mann und kam einen Schritt auf Victor zu.

„Mann, merkst du es nicht, ich bin von der Polizei!" polterte Victor zurück und hielt ihm seinen Ausweis unter die Nase. „Und mit wem habe ich das zweifelhafte Vergnügen?"

„Ich bin Dennis … Dennis Vorderholt."

„So, Dennis Vorderholt, ich habe ein paar Fragen an Sophie Große Sterk. Und erst einmal nur an Sophie Große Sterk! Klar?"

Die Baseballkappe senkte sich.

Victor hockte sich hin, um mit Sophie auf Augenhöhe zu sein. „Also: Das mit Ihrem Onkel tut mir leid", sprach er in gemäßigtem Ton. Große verquollene Augen sahen ihn an. „Können Sie sich vorstellen, wer ein Motiv für so etwas haben könnte?"

Sophie schüttelte mit dem Kopf.

„Jeder betrogene Ehemann im Umkreis von 50 Kilometern!" platzte Dennis dazwischen.

„Das ist sicher ganz interessant, aber Sie habe ich nicht gefragt!" sagte Victor bestimmt, „halten Sie sich also zurück, sonst findet die Befragung für Sie auf dem Revier statt."

„Aber ...." versuchte Dennis einen Einwand.

„Ich möchte nichts hören! Aber auch gar nichts! Halten Sie Ihren Mund geschlossen!"

Zur Antwort trat Dennis gegen einen seiner Autoreifen, verschränkte die Arme und lehnte sich an die Fahrertür.

„Noch einmal: Hatte Ihr Onkel Feinde?" Sophie zog die Schultern hoch. Sie vermied es, den Kommissar anzusehen.

„Hatte Ihr Vater Feinde?"

„Papa? Wieso denn Papa?" Sie sah den Kommissar nicht an.

„Nun, es war sein Wagen. Wir können davon ausgehen, dass der Täter entweder ihn gemeint hat, oder er wusste, dass Ihr Onkel den Wagen fuhr." Wieder füllten sich ihre Augen und Tränen liefen ihr die Wangen herunter. „Was haben Sie gestern Abend gemacht?"

„Ich habe bis acht im Laden geholfen", schluchzte sie, „danach war ich bis etwa zehn in der Stadt."

„In Münster?"

„In Telgte!"

„Wo?"

„In einer Kellerbar, dem *Roten Löwen* – mit zwei Freundinnen.

Später bin ich noch zu einer Party gefahren."

Victor stand auf, machte sich einige Notizen und wandte sich an den jungen Mann, der finster vor sich hin starrte. „Und was haben Sie gestern Abend gemacht?" Dennis hob den Kopf und funkelte Victor an.

„Also was?" wiederholt der Hauptkommissar.

Dennis presste die Lippen aufeinander.

„Wenn Sie etwas gefragt werden, dürfen Sie reden – nein, Sie müssen reden."

Dennis schob seine Mütze zurecht. „Gestern? Samstag? War ich auf einer Party. Scheunenparty, hier ganz in der Nähe."

„Kann das jemand bestätigen?"

„Ja, Sophie. Das war nämlich dieselbe Party! Außerdem etwa 350 andere Gäste!"

Victor sah ihm lange in die Augen, bis das Signal eines vorbeifahrenden Regionalzuges ihn aufmerken ließ. Er verabschiedete sich und ging zum Hof zurück. Noch immer kamen spargelhungrige Kunden angefahren, um im Hofladen einzukaufen.

Steffen und Jenny Petersen standen ins Gespräch vertieft im Schatten des Haupthauses.

„Geht's noch? Arbeitet ihr auch, oder macht ihr nur Kaffeekränzchen?" fragte Victor barsch.

„Gute Idee!" antwortete Steffen und grinste. „Ich nehme meinen mit viel Milch und einem Stück Zucker."

„Habt ihr auch was getan, oder turtelt ihr hier nur rum?" fragte Victor ernst. Jenny räusperte sich. Steffen wedelte mit seinem Block:

„Alle befragt."

„Und?"

„Keiner hat etwas gesehen, keiner hat etwas gehört, keiner weiß etwas."

„Ja, das war ja klar."

„Außerdem haben wir die Mutter gefunden."

„Habt ihr sie befragt?"

„Ja, sie war völlig aufgelöst. Hat nur geweint. Sie hat nichts gesehen. Ich denke, dass wir sie aus dem Kreis der Verdächtigen ausschließen können."

„Nun gut", sagte Victor halblaut zu sich selbst und rieb sich den Nacken. „Dann fahren wir jetzt ins Präsidium. Berichte schreiben."

11. Sonntag, 19:21 Uhr

Victor fuhr den Rechner herunter, rieb sich die Augen und schob seinen Stuhl zurück. Er hasste die Büroarbeit, die in den letzten Jahren immer mehr geworden war und mittlerweile den größten Teil seiner Arbeit in Anspruch nahm. Noch schlimmer dran waren seine Kollegen Markus Renneke und Christoph Portz, die zwar am gleichen Fall arbeiteten, aber nur selten das Präsidium verlassen durften. Sie erledigten Telefonate, betrieben Recherchen, gingen den Hinweisen aus der Bevölkerung nach und kümmerten sich um all die tausend Kleinigkeiten, die bei solch einem Fall bearbeitet werden mussten. Sie hielten Victor und Steffen den Rücken frei.

Victors Magen knurrte und machte ihn darauf aufmerksam, dass er seit dem Brötchen am Vormittag nichts mehr gegessen hatte. Er sah auf die Uhr über der Tür: zwanzig nach sieben. Es war nun doch wieder spät geworden. Ihm fiel ein, dass er eigentlich eine Verabredung mit Katharina hatte. Hechelkurs.

Er konnte sich Schöneres vorstellen als den Sonntagabend damit zu verbringen, dickbauchigen Frauen auf Gymnastikbällen beim Ein- und Ausatmen zuzusehen. Doch schien es seinem künftigen Erbprinzen dienlich zu sein, außerdem hatte er es Katharina versprochen. Also verstaute er die Dienstpistole in seinem Schließfach und machte sich endlich auf den Weg in die Stadt, in der er schon den ganzen Tag dienstlich verbracht hatte und die nun auch seine Heimat war.

Zügig schloss Victor die Haustür auf. „Ich bin wieder da!" rief er ins Haus. Seine Stimme hallte in dem noch leeren Flur. Er ging ins Wohnzimmer und knöpfte dabei sein Hemd auf. Es mochten vielleicht zwei oder drei Kisten fehlen, doch im Großen und Ganzen war das Umzugschaos noch genauso groß wie heute Morgen, als er das Haus verlassen hatte. „Katharina?" fragte er mit lauter Stimme. Keine Antwort. Er zog sein verschwitztes Hemd aus und entdeckte den Zettel, der am Kühlschrank hing.

„Lieber Victor – konnte nicht mehr warten – bin gegen zehn zurück – Kuss, Kati".

Kurz überlegte er, ob er ihr nachfahren sollte, doch eigentlich war er sehr froh, dass er bei dem Vorbereitungskurs nicht dabei sein musste. Er wusste, dass er sich mehr einbringen sollte. Wieder beschlich ihn das Gefühl, dass dieser plötzliche Lebensumschwung vom Singledasein zum Ehemann, Vater und Hausbesitzer zu viel für ihn war. Er beschloss Katharina nicht nachzufahren, auch wenn das Ärger bedeuten würde. Wieder machte sich sein Magen bemerkbar. Also öffnete er den Kühlschrank und untersuchte den Inhalt. Ein enttäuschender Anblick bot sich ihm. Zwischen etlichen Getränkeflaschen standen die übliche Notation an Verpflegung und der große Topf mit der Umzugshelfer-Gulaschsuppe. Er warf die Kühlschranktür wieder zu, drehte sich um und ließ seinen Blick durch den Raum schweifen. Alternativ könnte er auch Kartons auspacken oder irgendwelche Möbel zusammenschrauben und sich dabei den obligatorischen Sonntagabend-Tatort im Fernsehen anschauen. Doch eigentlich mochte er keine Krimis, da die Fälle und Vorgehensweise der Fernseh-Kommissare derartig unrealistisch waren, dass er sich jedes Mal aufregte.

Victor beschloss, etwas Richtiges zu essen und die gastronomischen Möglichkeiten von Telgte näher zu untersuchen. Also machte er sich etwas frisch, zog sich ein neues Hemd an und ging zu Fuß in Richtung Marktplatz, dem zentralen Punkt des Ortes. Hier herrschte reges Treiben. Sämtliche Tische und Stühle der um den Marktplatz angesiedelten Kneipen und Cafés waren besetzt. Es herrschte eine angenehme Stimmung. Menschen standen in kleinen Gruppen zusammen und plauschten, Familien flanierten vorbei, Kinder tummelten sich zwischen den Tischen, Frauen lachten, Männer prosteten sich zu. Obwohl Victor Hunger hatte, blieb er einen Moment stehen und sah dem Treiben zu. Er beobachtete die Kinder, die laut kichernd oder schreiend herumalberten. Er stellte sich vor, wie sein Sohn dazwischen sein und mitspielen würde. Zum ersten Mal hatte er das Gefühl, dass seine Entscheidung, nach Telgte zu ziehen, die richtige war. Er schlenderte weiter auf die große Kirche zu, umrundete diese einmal und flanierte langsam zurück. Auf der Kapellenstraße fand er einen freien Platz mit Blick auf den barocken Kirchenbau. Er nahm sich die Speisekarte vor und blätterte darin. *„Spargel, Schinken, Koteletts sind doch mitunter auch was Nett's"*, wurde Wilhelm Busch auf der ersten Seite zitiert, und Victor dachte, dass Spargel eine gute Idee sei. Er hatte schon den ganzen Tag mit diesem Gemüse verbracht; wieso sollte er nicht alle Sinne bei diesem Fall einsetzen? Also bestellte er sich die große Spargelplatte und ein alkoholfreies Weizenbier, schließlich hatte er noch immer Bereitschaftsdienst.

Unfreiwillig wurde er Zeuge, wie sich eine Gruppe von Frauen gesetzten Alters am Nebentisch über Große Sterk unterhielt. Dass ein Unfall oder etwas Ähnliches passiert sei, mit mindestens einem Toten. Wahrscheinlich aber mehr. Eine sehr dicke Frau wusste zu berichten, dass es sich um Mord handele und dass der Tote einer der Große Sterk Brüder sei. Die Bedienung brachte gerade das Bier, als er hörte, dass eine der Frauen darüber spekulierte, ob der Täter einer dieser Polen gewesen sei. Das entfachte eine Diskussion darüber, welcher der Brüder es am meisten verdient hätte.

Victor amüsierte sich darüber, dass die Buschtrommeln zwar schnell, aber doch so falsch trommelten.

Seine Bestellung wurde gebracht, und Victor machte sich daran, die in Butter ertränkten Spargelstangen zu verspeisen.

Gern hätte er mit Katharina hier gesessen, doch es hatte nicht sollen sein. Trotzdem genoss er den Rest des Tages, bestellte sich ein weiteres alkoholfreies Bier und lauschte den Ausführungen am Nachbartisch. Um kurz vor zehn trat er den Heimweg an. Er beobachtete einen Mann, der volle Spargelkisten aus einem Wagen mit polnischem Kennzeichen auslud und durch die Hintertür einer Gaststätte trug. Es war der kleine Mann, den er schon einmal auf dem Große Sterk-Hof gesehen hatte. Er überquerte den Marktplatz und blieb kurz vor der weit geöffneten Eingangsklappe einer Gaststätte stehen. Links und rechts des Eingangs standen rote Löwen. Das musste die Kellerbar sein, in der sich Sophie Große Sterk zum Tatzeitpunkt aufgehalten haben wollte. Victor überlegte, ob er noch das Alibi von Sophie überprüfen sollte, doch er hatte kein Foto von ihr dabei, und außerdem war seine Frau wahrscheinlich inzwischen wieder zurück. Also ging er nicht in den Keller, sondern nach Hause.

Katharina war jedoch noch nicht wieder da. Victor legte sich aufs Bett, stellte den Fernseher an, der seinen provisorischen Platz auf einem Umzugskarton gefunden hatte, und schaltete sich lustlos durch die Kanäle, bis er einschlief.

12. Montag, 7:32 Uhr

Herrmann Meiller war seit über zwanzig Jahren Lehrer am Schulzentrum in Telgte. Er war bekannt als strenger, aber gerechter Lehrer, der mit unendlicher Beharrlichkeit seinen Schülern die Grundlagen der Mathematik und der Physik beizubringen versuchte. „Es wird heute wieder später", sagte er zum Abschied zu seiner Frau, die laut scheppernd die Spülmaschine einräumte. „Wir haben noch Konferenz", ergänzte er und schlüpfte trotz der zu erwartenden Hitze mit Socken in die ausgetretenen Sandalen. Wie jeden Morgen klemmte er die braune Ledertasche auf den Gepäckträger seines Fahrrades und schwang sich auf den Sattel, um in Richtung Schulzentrum zu radeln.

In dem Moment, als er losfahren wollte, gab es einen lauten Knall. Hinter ihm zerbarst die Scheibe des Küchenfensters. Bestürzt sah Herrmann Meiller auf die Scherben, die stachelartig im Rahmen steckten. Er überlegte, wer oder was für diese Zerstörung verantwortlich war, als ein zweiter Knall durch die Siedlung hallte und gleichzeitig ein tellergroßes Stück Mauerputz von der Wand fiel. Noch immer stand Meiller regungslos in der Hofeinfahrt, bis er begriff, dass es sich um Schüsse handeln musste. Er ließ das Fahrrad fallen und flüchtete hinter sein Auto.

„Scheiße, Scheiße, Scheiße!" wimmerte er und presste seinen Rücken an die Wagentür. Wie könnte er sich in Sicherheit bringen?

Doris Meiller öffnete die Haustür und kam ein paar Schritte in den Vorgarten hinaus. „Herrmann, was ist denn los?" fragte sie besorgt. „Geh rein!" brüllte er und wedelte mit den Händen. „Aber was ist denn passiert?" fragte seine Frau . „Mensch – geh rein und ruf die Polizei!" schrie er. Langsam ging sie ins Haus zurück, kam wieder heraus und fragte: „Was soll ich denen denn sagen?"

„Hol die Polizei!" schrie er mit hochrotem Kopf.

Zwanzig Minuten später bog ein Polizeiwagen in die Mozartstraße ein und hielt vor dem Einfamilienhaus der Meillers. Zwei uniformierte Beamte stiegen aus. Während der eine noch an seinem Frühstück kaute, ordnete der zweite sein Hemd und stopfte es in den Hosenbund. Gemächlich bauten sie sich vor Herrmann Meiller auf: „Sie haben uns angerufen?"

„Vorsicht!" brüllte Meiller. Der Pädagoge war schweißüberströmt. „Hier hat einer geschossen! Geschossen!" schrie er und deutete auf die zerborstene Scheibe. Die Polizisten sahen auf das Fenster und das Loch in der Mauer, gingen reflexartig in die Hocke und zogen ihre Pistolen aus den Halftern. „Von wo kamen die Schüsse?" „Haben Sie jemanden gesehen?" – „Kennen Sie die Schützen?" – „Ist jemand verletzt?" fragten die Beamten abwechselnd. Meiller schüttelte den Kopf. „Baumann, gib mir Schutz, ich hole Verstärkung!" zischte einer der Polizisten seinem Kollegen zu und lief in geduckter Haltung zum Streifenwagen, um über Funk die Kollegen zu informieren.

Um kurz nach acht saßen Victor und Steffen zwischen einigen anderen Kollegen und einem Heer von Journalisten im Konferenzraum des Polizeipräsidiums. Obwohl die Zeitungen bereits ausführlich über den Mord berichtet hatten, war das Interesse groß und eine Pressekonferenz unumgänglich. Staatsanwalt Dr. Leicht saß mit zwei weiteren Kollegen und Bleck hinter einem Tisch und sprach in mehrere Mikrofone. Er beschrieb in knappen Worten, was passiert war, ohne zu sehr ins Detail zu gehen, und stellte sich dann den Fragen der Journalisten. Er war geübt im Umgang mit den Medien, und dass sogar Radio und Fernsehen vertreten waren, schien ihm eher zu gefallen als ihn zu verunsichern. Gekonnt parierte er und beantwortete gelassen alle Fragen, auch wenn sie anklagend oder provokativ waren.

Victor hörte nicht zu. Er dachte an Katharina, die irgendwann später, nach ihm, nach Hause gekommen war und am Morgen noch tief und fest schlief. Er hatte sich bemüht, sie nicht zu wecken. Wenn sie auch nicht sauer war, so war sie doch sicher sehr enttäuscht darüber, dass er gestern Abend nicht dabei gewesen war.

Der Kollege Renneke stürmte herein und winkte Victor und Steffen zu sich hinaus auf den Flur. Noch ehe er die Tür wieder geschlossen hatte, prustete er sein Anliegen heraus: „Herrschaften, wir haben wieder einen Zwischenfall in Telgte! Die Kollegen aus Warendorf haben eben angerufen. Da ist schon wieder geschossen worden. Am Besten fahrt ihr direkt hin." Er war außer Atem und stützte sich auf seine Knie auf.

„Gibt es Tote?" fragte Victor ruhig.

„Nein, das nicht." Renneke keuchte noch immer.

„Wir sind die Mordkommission. Wenn keiner tot ist, sind wir gar nicht zuständig."

„Aber vielleicht haben die beiden Geschichten etwas miteinander zu tun!"

„Ja, vielleicht", nickte Steffen „vielleicht aber auch nicht."

„Leute, ich kenne Telgte nicht so gut!" Renneke holte tief Luft. „Aber in Sachen Kriminalität ist da in den letzten 775 Jahren nicht grade viel passiert. Überlegt doch mal! Wenn da innerhalb von zwei Tagen an mehreren Stellen plötzlich geschossen wird, dann kann das doch kein Zufall sein!"

„Also sind wir mal wieder Mädchen für alles!" konstatierte Steffen

„Ja, Mädchen!" grinste Renneke breit und gab Steffen die Adresse.

Sie gingen nicht zur Pressekonferenz zurück, sondern machten sich auf den Weg. Auf dem Flur kam ihnen Jenny Petersen entgegen. Sie hatte Turnschuhe, ein enges T-Shirt und Hotpants an.

„Und noch ein Mädchen!" freute sich Steffen.

„Bin ich zu spät?" fragte sie schon von weitem.

„Nein, nein!" entgegnete Victor, „ich habe einen Antrag gestellt, dass Morde erst ab zehn Uhr stattfinden dürfen."

13. Montag, 8:17 Uhr

Es dauerte nicht lange, bis mehrere Einsatzfahrzeuge mit blinkenden Blaulichtern den Teil der Mozartstraße versperrten, in dem die Schüsse gefallen waren. Einige Polizisten gingen die Straße auf und ab, auf der Suche nach Spuren. Die Kugel, die in der Außenmauer steckte, wurde sichergestellt. Ebenso die Kugel, die die Fensterscheibe zertrümmert hatte, dann den Küchenschrank durchbohrte und nun zwischen den Küchenfliesen steckte.

Mehrere Beamte hielten sich im und um das Haus herum auf.

Als Victor und Steffen das Haus betraten, war die Befragung bereits in vollem Gange.

Auf einem Stuhl am Esszimmertisch saß Doris Meiller und wimmerte. Nachdem sie anfänglich überhaupt nicht verstanden hatte, was geschehen war, saß der Schock jetzt umso tiefer. Laut schluchzend antwortete sie auf die Fragen des Polizisten, der am Kopfende Platz genommen hatte. Ihre Stimme überschlug sich dabei.

Neben ihr saß Herrmann Meiller und ließ stoisch das Interview über sich ergehen. Er schien viel gefasster als seine Frau, obwohl ihm der Mordanschlag gegolten hatte.

Leiter der Ermittlungen, der auch die Befragung durchführte, war Peter Schekel, ein Kommissar aus Warendorf. Der leicht untersetzte Mittfünfziger, mit Brille und einem gewaltigen Oberlippenbart, sah zu Victor herüber und nickte ihm zu. Die beiden kannten sich, auch wenn sie noch nie miteinander gearbeitet hatten. Ein Polizeibeamter kam herein und legte einen durchsichtigen Plastikbeutel auf den Tisch.

„Chef, wir haben zwei Hülsen gefunden."

„Ah ja!" grummelte Schekel und zog den Beutel zu sich heran. „Alles um den Fundort genauer untersuchen! Fingerabdrücke und so", ordnete er an. Mit einem „Geht in Ordnung, Chef!" machte der Untergebene auf dem Absatz kehrt. Victor griff Schekel über die Schulter und zog die Tüte zu sich herüber. Er sah dabei auf die Notizen des Warendorfer Kollegen.

„Und Sie sind Lehrer?" fragte er. Meillers Blick wanderte von Victor zu Schekel und wieder zurück zu Victor. „Ich bin Hauptkommissar Behring", erklärte Victor mit einem Lächeln, „wir arbeiten eng zusammen."

„Ja!" presste Schekel zwischen den Zähnen hervor und nahm die Tüte wieder an sich. Es gefiel ihm nicht, dass ihm jemand ins Handwerk pfuschte, und schon gar nicht zwei Schnösel, die glaubten, bessere Arbeit zu machen, bloß weil sie aus Münster kamen.

„Haben Sie eine Ahnung, wer das gewesen sein könnte?" wollte Victor wissen. Meiller schüttelte den Kopf.

„Nachbarn? Kollegen? Bekannte? Verwandte?"

„Nein, das glaube ich nicht."

„Kann es ein Schüler gewesen sein, ein frustrierter Schüler?" fragte Steffen, der am Fenster stand und in den Vorgarten guckte.

„Wieso?" stellte Meiller die Gegenfrage und überlegte.

„Weil ich meinen Lateinlehrer auch am liebsten umgebracht hätte."

„Steffen! Bitte!" ermahnte Victor seinen Freund.

„Übernehmen Sie jetzt hier die Befragung?" wollte Schekel wissen.

„Wir hatten tatsächlich einen Zwischenfall", sagte Herrmann Meiller plötzlich leise.

„Wie bitte?"

„Vor etwa 14 Tagen. Ein Schüler aus der 10b", Meiler hielt inne.

„Was für einen Zwischenfall?" hakte Steffen nach.

„Es ging um Gewalt – eine Schlägerei – da mussten wir einen Jungen der Schule verweisen. Aber ich kann mir nicht vorstellen, dass der so etwas …!"

„Wir werden ihn nicht gleich verhaften", erklärte Victor, „aber es ist ein Hinweis, dem wir nachgehen müssen."

Meiller nickte. „Also, kein schwieriger Junge – sehr unauffällig – die Eltern geschieden – wächst bei der Mutter auf – hat noch eine Schwester – eigentlich ein netter Kerl, wenn auch eher ein Einzelgänger – nicht dumm."

„Wie heißt der Knabe?" fragte Steffen, der sich die Eckdaten notiert hatte und immer wieder aus dem Fenster sah.

„Marcel! Marcel Heinemann."

„Wissen Sie, wo der wohnt?"

„Nicht genau – irgendwo in der Vogelsiedlung."

Steffen konnte sich ein Grinsen nicht verkneifen.

„Dann wissen wir ja, was wir zu tun haben", sagte Victor, steckte die Tüte mit den Patronenhülsen ein, bedankte und verabschiedete sich. Draußen vor der Tür wurde ihm klar, warum Steffen die ganze Zeit aus dem Fenster gesehen hatte. Jenny Petersen stand in der gleißenden Sonne im Vorgarten und versuchte bei der Spurensicherung behilflich zu sein, machte sich Notizen und, wie Steffen Lemmermann fand, außerdem eine gute Figur.

„Steffen, verbrenn dir nicht die Finger!" warnte Victor seinen Freund und deutete auf Jenny.

Steffen hob beide Hände: „Die Finger sind es nicht", lachte er.

„Ruf mal in der Zentrale an und frag nach der Adresse von diesem Marcel", sagte Victor, als sie in den Wagen stiegen.

14. Montag, 10:22 Uhr

Victor, Steffen und Jenny Petersen saßen in dem überhitzten Opel. Sie verließen die Mozartstraße, fuhren durch den Kreisverkehr, der in seiner Mitte eine rote Metallskulptur beherbergte, einen Baum, der auf dem Kopf stand. Victor fragte sich, ob diese Skulptur etwas mit den roten Steinen zu tun hatte, die er auf dem Marktplatz entdeckt hatten und nahm sich vor, das bei Gelegenheit zu überprüfen. Sie fuhren durch den Orkotten mit seinen zahlreichen Einkaufsmöglichkeiten und weiter zur sogenannten Vogelsiedlung, die deswegen so hieß, weil hier die Straßen nach Vogelarten benannt waren. Über den Meisen- und den Amselweg kamen sie zur gewünschten Adresse.

Der Sperberweg zeichnete sich durch eine Vielzahl von Reihen- und Mehrfamilienhäusern aus, die sich ähnelten. Vor einem graubraunen Haus mit acht Wohneinheiten blieben sie stehen. Hier war es. Heinemann, erste Etage links. Die Haustür war weit geöffnet. Sie klingelten und stiegen die Stufen hoch bis vor die Wohnungstür.

Die Tür öffnete sich einen Spalt. Ein kleines Mädchen mit Sommersprossen sah neugierig unter einer vorgehängten Kette durch den Türspalt.

„Hallo!" sagte Victor freundlich. „Ist deine Mama da oder dein Bruder?" Das Mädchen schüttelte den Kopf.

„Weißt du, wo dein Bruder ist?" Die Kleine schüttelte wieder den Kopf. „Würdest du uns trotzdem hereinlassen?" fragte Steffen. Das Mädchen verneinte erneut. Jenny Petersen drängte sich an den beiden Polizisten vorbei und hockte sich vor das Mädchen. Sie sprach leise und ruhig auf sie ein.

„Ist das auch wirklich wahr?" wollte schließlich das Mädchen wissen. Jenny nickte. Die Tür wurde ins Schloss gedrückt; es klapperte, dann öffnete sie sich ganz. Steffen pfiff anerkennend durch die Zähne: „Bitte nach Ihnen, Fräulein Sesamöffnedich." Victor hatte ein schlechtes Gefühl dabei, eine Wohnung zu betreten, in der außer einem kleinen Mädchen niemand war. Das verstieß gegen die Bestimmungen. Doch der Drang etwas herauszufinden war stärker.

In der Wohnung roch es nach kaltem Zigarettenrauch. Durch einen Perlenvorhang sah Victor in die Küche. Auf dem Tisch standen noch Frühstücksreste, in der Spüle stapelte sich das Geschirr der letzten Tage. Sie gingen durch den Flur ins Wohnzimmer. Hier und da lagen Zeitschriften und vereinzelt einige Kleidungsstücke. Eine Armada von Puppen zierte die Rückenlehnen der Sitzgruppe. Darüber Harlekinbilder in goldenen Rahmen. Der Fernseher lief: In einer Talkshow verkündete der Moderator laut, welcher seiner Hartz-Vier-Kandidaten beim Vaterschaftstest durchgefallen war.

„Sag mal, wie heißt du denn?" eröffnete nun Jenny die Fragerunde.

„Zementa!"

„Ah! Und was machst du grade, Samantha?"

„Och, nichts Besonderes."

„Wieso bist du nicht in der Schule?"

Das Mädchen verzerrte plötzlich das Gesicht und krümmte sich: „Ich bin krank – schlimme Bauchschmerzen."

„Aha, und deine Mama ist arbeiten?"

„Ja, da vorne", sagte sie und deutete mit dem Finger in Richtung Balkon. Steffen ging an die Balkontür und sah über die Brüstung hinweg. Das Mädchen kicherte, ging zur Fensterbank und hob die Plastiktüte eines Discounters hoch. „Nein, hier!" rief sie belustigt.

„Ach, sie arbeitet im Supermarkt?"

Samantha nickte.

„Das heißt, du bist den ganzen Tag alleine?"

„Nö, Marcel ist ja auch noch da. Und ich kann immer zu Roswitha."

„Wer ist Roswitha?"

„Roswitha ist unsere Nachbarin. Die wohnt oben drüber."

„Wo ist dein Bruder?"

Samantha zog die Schultern hoch.

„Zeigst du uns sein Zimmer?"

Das Mädchen durchschritt forsch das Wohnzimmer und den Flur, öffnete eine Tür, auf der ein großes „KEEP OUT"- Schild klebte, und wich einen Schritt zurück. „Der hat es aber nicht so gerne, wenn jemand in seinem Zimmer ist", erklärte sie.

„Wir fassen auch nichts an! Versprochen!"

Samantha biss sich auf die Unterlippe.

Die Jalousien waren heruntergelassen und sorgten für dämmeriges Licht. An der Wand hingen, zwischen Postern von Gangsterrappern und heroischen Rockbands, ein Baseballschläger und eine Airgunpistole. Victor tippte darauf: „Freigabe ab 16!" sagte er entsetzt. Auf dem Schreibtisch thronte der Monitor eines Rechners. Gleich daneben, dem ungemachten Bett gegenüber, ein Fernseher. Darauf eine Spielkonsole. Victor konnte nicht anders, er gab seiner Neugierde nach und schaltete den Computer an. Während er darauf wartete, dass der Rechner hochfuhr, sah er die Computerspiele durch. Er las die Titel der Kriegs- und Schießspiele vor.

Plötzlich wurde die Wohnungstür aufgerissen und ein lautes „Zementa!" schrillte durch die Wohnung.

„Mama!" rief Samantha zurück und lief zum Eingang. Eine Frau betrat außer Atem die Wohnung. „Wer sind Sie und was machen Sie hier?" fragte sie ebenso aggressiv wie ängstlich. Victor hielt beide Hände gespreizt vor sich und ließ sie auf und ab wippen. „Es ist alles in Ordnung, wir sind von der Polizei!" „Polizei?"

Steffen zeigte seinen Dienstausweis: „Ja, wir haben nur ein paar Fragen! Mehr nicht."

Erleichtert ließ sich die übergewichtige Frau in einen Sessel fallen und holte tief Luft. Die Strähnen ihrer herausgewachsenen Dauerwelle fielen in ihr verschwitztes Gesicht. Sie fummelte mit zittrigen Händen eine Zigarette aus der Packung und zündete sie an. „Was denn für Fragen?" wollte sie wissen und nahm einen tiefen Zug.

„Zum Beispiel, wo sich Ihr Sohn im Moment befindet."

„Marcel? Ach, der hat grade eine schwierige Phase."

„Und wo ist er jetzt?"

„Wissen Sie, er ist in einem Alter, wo man schnell auf die schiefe Bahn geraten kann, wenn man mit den falschen Leuten zusammen ist."

„Wo ist er jetzt?"

„Er ist ein guter Junge, das müssen Sie mir glauben!"

„Wo ist er?"

„Er hatte es halt nie einfach."

„Frau Heinemann! Wo?" fragte Victor jetzt mit Nachdruck. Sie ließ den Kopf sinken. „Ich weiß es nicht."

„Wann haben Sie ihn das letzte Mal gesehen?"

„Samstagabend, so gegen elf Uhr. Wir ..." sie hielt inne. „Zementa, mach die Kiste leiser!" rief sie plötzlich ihrer Tochter zu, die mit einem Meter Abstand zum Fernseher auf dem Boden saß.

„Na ja, wir hatten einen Streit", fuhr sie fort. Es war offensichtlich, dass ihr dieses Thema peinlich war. „Marcel hat hundert Euro aus meinem Portemonnaie ... äh ... genommen. Darüber sind wir in Streit geraten – und wie das dann so ist – ein Wort gibt das andere – da habe ich ihn rausgeschmissen. Ich konnte ja nicht ahnen, dass er die ganze Nacht weg bleibt. Was hat er denn ausgefressen?" fragte sie nun leise.

„Es wurde auf den Lehrer Meiller geschossen."

„Geschossen? Auf den Meiller? Das soll Marcel gewesen sein?" fragte sie entsetzt und stand auf.

„Was hat Marcel gemacht?" fragte Samantha, ohne ihren Blick vom Fernseher abzuwenden.

„Nichts, Schatz, nichts", antwortete ihre Mutter und flehte Victor an: „Hören Sie, Sie müssen mir glauben. Marcel ist ein guter Junge! Er hilft mit im Haushalt, und er macht Hausaufgaben mit Samantha, und er kauft für die Nachbarin ein, seit sie die Sache mit dem Fuß hat, und mäht ihren Rasen."

„Sie können also nicht sagen, wo Ihr Sohn heute Morgen war?"

„Nein."

„Und Samstag, später am Abend?"

„Weiß ich auch nicht."

„Kennen Sie die Familie Große Sterk?"

„Ja, das ist dieser Spargelhof."

„Ich meine näher. Haben Sie oder Ihr Sohn etwas mit den Große Sterks zu tun?"

Sie blies Zigarettenqualm aus und schüttelte dabei Kopf.

„Haben Sie eine Idee, wo Ihr Sohn jetzt sein könnte?" Wieder schüttelte sie den Kopf.

„Hat er ein Handy?"

„Da geht er nicht dran. Nur die Mailbox."

„Kann er bei einem Freund sein?"

„Der einzige richtige Freund, den er hat, das ist Philipp, aus seiner Klasse. Da habe ich aber schon angerufen. Dort ist er nicht."

Steffen ließ sich den Namen und die Adresse geben, als es klingelte. Sofort hüpfte Samantha auf, lief zur Wohnungstür und öffnete. "Es ist Rosi!" rief sie, rannte zurück und ließ sich wieder auf ihren angestammten Platz vorm Fernseher fallen. Eine ältere Dame kam auf Krücken in die Wohnung gehumpelt. „Birgit, ist alles in Ordnung?"

„Ach, Rosi, du sollst doch oben bleiben. Du darfst den Fuß noch nicht belasten."

„Ich musste doch nachsehen, ob alles in Ordnung ist."

„Ja, alles gut. Danke, dass du mich angerufen hast." erkannte Frau Heinemann an, drehte sich zu den Kommissaren und erklärte: „Das ist meine Nachbarin, Frau Köster."

„Ich habe Sie nämlich reingehen sehen", wendete sich die Dame an Steffen. „Da habe ich schnell bei Birgit – also bei Frau Heinemann – angerufen. Ich bin nämlich momentan ein wenig gehandicapt." Sie tippte mit der Gehhilfe an den eingegipsten Fuß. „Ich kann im Moment nicht so schnell gehen – und schon gar keine Treppen. Was gibt es denn?" fragte sie so beiläufig wie möglich.

„Die suchen Marcel!" quäkte Samantha dazwischen.

„Wann haben Sie ihn denn das letzte Mal gesehen?" wollte Victor wissen. Sie überlegte: „Samstag morgen. Er hat meinen Garten gemacht. Dafür bekommt er immer etwas zusätzliches Taschengeld."

Victor zog Visitenkarten aus seiner Hosentasche und verteilte sie an die Frauen. „Wenn Sie ihn sehen oder sprechen sollten, dann rufen Sie mich bitte an."

Frau Heinemann nickte. Er gab Jenny, die sich eifrig Notizen gemacht hatte, ein Zeichen und verabschiedete sich.

Auf dem Hof vorm Haus blieben sie stehen. Es war heiß. Victor sah sich um. Zwischen Hofeinfahrt und Garagen standen Autos, Mülltonnen und Fahrräder. Der Grünstreifen neben dem Haus war von der Hitze verbrannt. „Ich habe da noch etwas vergessen!" sagte Victor und verschwand wieder im Haus. Keine drei Minuten später stand er wieder vor Steffen und Jenny. Er wedelte triumphierend mit einem Stück Papier: „Ich weiß, wo er vielleicht sein könnte."

15. Montag, 11:02 Uhr

Er schob die Erde zur Seite und fuhr mir dem Stecheisen an der Stange hinunter. Dann stach er zu, löste sie aus ihrer sandigen Umarmung und legte sie zu den anderen in den Korb. Das Loch füllte er wieder und glättete es mit einem Spachtel. Diese Handgriffe machte Marek nun schon seit April jeden Tag viele Stunden, sie waren ihm in Fleisch und Blut übergegangen. Er richtete sich auf und beugte sich, mit einer Hand auf dem Rücken, weit nach hinten. Er hatte unendlich viel Spargel gestochen, und die ewig gebückte Haltung der letzten zweieinhalb Monate machte sich in seinem Rücken bemerkbar. Seinen ganzen Jahresurlaub opferte er für diese mühsame Plackerei. Verdiente er in diesen paar Wochen hier in Telgte doch so viel wie zuhause in Polen in einem ganzen Jahr. Er sah die langen, erdigen Reihen des Spargelfeldes entlang. Die meisten Leute, die mit ihm auf dem Feld standen, mochte er. Es hatten sich sogar Freundschaften entwickelt. Die Stimmung war trotz der harten Arbeit gut.

Ein alter Bulli mit dem Große Sterk-Schriftzug kam angefahren und zog eine gewaltige Staubwolke hinter sich her. Der Bus hielt am Feldrand und hupte drei Mal. Das war das Zeichen für die Pause. „Das wurde aber auch Zeit", dachte Marek, steckte sein Stecheisen in den Sand und stülpte seine Mütze darüber. So würde er gleich genau wissen, an welcher Stelle er weiterarbeiten konnte. Zügig schritt er die Reihen entlang bis zum Feldrand, wo sich auch die anderen sammelten. Alle suchten sich schattige Plätze, aßen und tranken etwas. Sie unterhielten sich nicht darüber, wer im nächsten Jahr wieder kommen, wer von ihnen bald abreisen und wer noch bis nach dem Spargel-Sylvester am 24. Juni weiterarbeiten würde, wie sie es sonst immer taten. Es gab zurzeit nur ein Thema: Den Tod von Martin Große Sterk. Längst hatte sich diese Nachricht wie ein Lauffeuer verbreitet. Es waren schon Polizisten dagewesen und hatten Fragen gestellt. Unangenehme Fragen. Unter der Hand wurde spekuliert, warum Große Sterk sterben musste und wer es gewesen sein könnte. Doch niemand verdächtigte irgendwen aus den eigenen Reihen. Wer sägt schon den Ast ab, auf dem er sitzt? Es wollten alle im nächsten Jahr wiederkommen und Geld verdienen.

Marek setzte sich in die offene Schiebetür des Busses und fingerte seine Verpflegung aus dem Rucksack, als er bemerkte, dass Janusch noch immer hinter dem Lenkrad saß und abwesend vor sich hin starrte. „Na, Janusch, überlegst du, wen du als nächstes schikanieren kannst?" fragte Marek provozierend. Der Vorarbeiter drehte sich um. Seine sonst so verschlagenen Gesichtszüge waren starr. „Große Sterk ist tot", flüsterte er kaum hörbar. „Ja, ich weiß", antwortete Marek. Er wunderte sich, warum Janusch so betroffen reagierte. „Wir wissen es alle. Bist du es gewesen?" stichelte Marek. Janusch stieg aus, sammelte sich einen Moment und berichtete den Anwesenden vom Tod ihres Chefs. Er führte detailliert aus, wann und wo er in dem Geländewagen erschossen worden war. „Und eins noch", er sprach lauter, mit mehr Nachdruck, „wenn man euch fragt: Ihr habt nichts gesehen und nichts gehört! Ich habe keine Lust, euretwegen in Schwierigkeiten zu kommen! Ist das klar?" Als niemand sich rührte, wiederholte er sein Frage scharf: „Ob das klar ist?" Gemurmel und Kopfnicken machte sich breit. Marek gefiel es nicht, dass Janusch sich schon wieder als Chef aufspielte. Er stand nun neben dem Bus und überlegte, ob er ihm jetzt sagen sollte, dass er von seinem Geheimnis wusste. Doch er entschied, es noch für sich zu behalten. Noch war der richtige Zeitpunkt nicht gekommen.

Nachdem Janusch seine Ansprache beendet hatte, kletterte er zurück auf den Fahrersitz und startete den Motor. Marek schob die Tür zu und beugte sich zu dem Vorarbeiter in die Fahrerkabine. „Schade, dass nicht du gestern in dem Geländewagen gesessen hast", sagte er und zeigte seine Zähne. Mit heulendem Motor fuhr Janusch davon.

16. Montag, 11:42 Uhr

Ein Wagen hielt an dem unbeschrankten Bahnübergang, wo es zum Hof Große Sterk ging. Genau hier war es. Hier hat Martin gestanden. Martin Große Sterk, der gutaussehende Mann, der sich großzügig und charmant gab, den alle nett fanden. Hier hat er im Mercedes seines Bruders gesessen und gewartet. Gewartet, dass der Zug vorbei war und er hinüber konnte. Was für ein Zufall, dass sie sich hier begegnet sind. Nachts. Als es dunkel war und regnete. Da war es sicher, dass es keine Zeugen gab. Und was für ein Zufall, dass die Pistole im Wagen war. Diese alte Pistole, die in Ölpapier und eine alte Decke gewickelt, ein vergessenes Dasein gefristet hatte und nach Jahrzehnten durch einen Zufall wieder entdeckt wurde. Sie hatte eigentlich nur aus dem Grund im Wagen gelegen, damit ein Freund und Sammler sich das altertümliche Stück anschauen konnte. Als Martin dann in der Nacht auftauchte, war es mehr ein Reflex als Absicht. Ein Kinderspiel. Erst nur so, aus Hass. Etwas näher heranfahren, anlegen und den Mistkerl über Kimme und Korn beobachten. Dann ging es wie von selbst. Den Finger durchdrücken. Es gab nur einen Schuss, dann war alles vorbei. Innerhalb einer Sekunde war ein Leben ausgelöscht. Das Leben von Martin Große Sterk, dem angeblichen Mann von Format, dem Schwerenöter. Dem Schwein. Martin Große Sterk, der sich das nahm, was er wollte. Rücksichtslos und brutal. Doch damit war es nun vorbei. Ein für alle Mal. Dieser Ort allerdings, dieser Bahnübergang, würde immer an ihn erinnern. Er hatte es verdient.

17. Montag, 13:19 Uhr

„Frau Petersen, was ist Ihnen aufgefallen?" fragte Victor und sah die junge Frau im Rückspiegel an.

„Alleinerziehende haben es schwer."

„Ja, das sicherlich auch. Aber was ist Ihnen bei der Nachbarin, dieser Rosi Köster, aufgefallen?" hakte er nach.

Jenny Petersen blätterte in ihren Notizen. Victor fuhr an den Straßenrand, machte den Motor aus und drehte sich zu ihr um. „Nichts", sagte Jenny.

„Diese Rosi Köster gibt Marcel Geld dafür, dass er ihren Rasen mäht und den Garten in Schuss hält. Richtig?"

„Richtig!"

„Das Haus am Sperberweg hat aber gar keinen Garten!"

Victor hob das Stück Papier hoch, das er bekommen hatte, als er noch einmal ins Haus zurückgegangen war. „Sie hat einen Schrebergarten. Mit einem Gartenhäuschen. Ein perfektes Versteck. Marcel könnte hier untergetaucht sein." Steffen lachte laut auf und boxte seinem Kollegen auf den Oberarm: „Du alter Fuchs!" rief er anerkennend.

„Ja, ich weiß."

„Und du riechst auch so."

Victor lächelte müde. „Ich habe einen Lageplan und weiß, wo der Garten ist." Sie stiegen aus dem Wagen, und Steffens Blick fiel auf ein Baumfragment, das mitten auf der Kreuzung ein kümmerliches Dasein fristete. „Was ist das denn?" fragte er.

„Das ist die sogenannte *Dicke Linde* …"

„Aha. Sieht aber mehr aus wie eine Krüppelkiefer."

„Das ist einer der ältesten Bäume in Deutschland."

„Oder eine Trauerweide …"

„Ja ja, schon klar." Victor mochte Steffens flapsige Art, doch manchmal wurde es ihm auch zu viel. „Wir müssen da lang", sagte er und bog in einen Splittweg ein, der hinter Wohnhäusern vorbeiführte. Zügig schritten sie an hohen Hecken vorbei, die den Weg zu beiden Seiten säumten. Der feine Kies knirschte unter ihren Schuhen. Kein Mensch war zu sehen. Victor sah immer wieder auf das Papier in seiner Hand. *Hagen* hieß dieser Weg und war offensichtlich ein beliebter Ort für Hundebesitzer, die hier ihren geliebten Vierbeinern Erleichterung verschafften. Aufpassen, wo man hintrat. Auf der einen Seite standen gepflegte Häuser, mit adrett angelegten Gärten. Auf der anderen Seite des Weges lagen die Schrebergärten.

Neben einem rostigen Metalltor blieb er stehen, legte den Zeigefinger auf den Mund und bedeutete so den Nachfolgenden, sich leise zu verhalten. „Hier ist es", raunte er. Fast reflexartig zog Steffen seine Waffe aus dem Halfter und entsicherte sie.

„Du bleibst draußen!" zischte er. Jenny nickte. Victor machte Handzeichen. Steffen verstand und presste seine Waffe, die er mit beiden Händen hielt, an die Brust. Victor zückte seine Pistole nicht, löste allerdings die Sicherung am Halfter.

In dem Moment klingelte sein Handy. Ausgerechnet jetzt! Schnell holte er das Telefon aus seiner Tasche und stellte es aus. Fast geräuschlos betrat er den Garten und ging langsam auf das Holzhäuschen zu, das sich am Ende des Grundstücks unter großen Tannen versteckte. Die Blendläden an den Fenstern waren zugeklappt. Vorsichtig näherte er sich der Tür. Er achtete auf jede Bewegung im Garten. Steffen stand am Gartentor und sicherte das Vorgehen ab.

„Hallo, Rosi, bist du da?" rief Victor und versuchte harmlos zu klingen. Er klopfte, die Tür war abgeschlossen. Victor öffnete einen Blendladen und sah ins Innere. Zwischen Rasenmäher und gestapelten Gartenmöbeln stand eine Liege, die mit Kissen und einer dünnen Decke offensichtlich zum Nachtlager umfunktioniert worden war. Niemand schien da zu sein. Victor sicherte seine Waffe wieder und gab den anderen beiden ein Zeichen, dass die Luft rein war. Steffen kam näher. „Ist der Vogel ausgeflogen?" wollte er wissen, und Victor nickte.

Sie inspizierten den Garten. Doch außer einem kürzlich gebrauchten Grill und leeren Colaflaschen war wenig Interessantes zu entdecken. „Wahrscheinlich ist er tagsüber woanders und kommt nur zum Schlafen hierher."

„Wahrscheinlich!" bestätigte Steffen und verstaute seine Pistole.

„Also kommen wir später noch mal wieder."

„Heute Abend, wenn er müde wird."

„Und was machen wir bis dahin?"

„Wir statten seinem Freund, diesem Philipp, einen Besuch ab. Und zum Große Sterk-Hof will ich auch noch."

Vor dem Garten wartete Jenny Petersen, die nervös von einem Bein auf das andere hüpfte. Gemeinsam gingen sie den Weg, den sie gekommen waren, wieder zurück. Victor schaltete sein Mobiltelefon an. Ein Anruf in Abwesenheit wurde angezeigt: Die KTU. Er rief zurück und erfuhr, dass der Computer von Martin Große Sterk ausgewertet war. Victor bat darum, dass man sich mit Hochdruck um das Handy kümmern solle.

Am Wagen angekommen, zog Victor ein Stück Papier hinter dem Scheibenwischer hervor. Einen Strafzettel. „Parken außerhalb der gekennzeichneten Flächen" stand als Begründung darauf. Victor sah sich um, doch niemand in Uniform war in der Nähe. Verärgert warf er sich ins Auto und stopfte den Strafzettel ins Handschuhfach.

18. Montag, 14:02 Uhr

Steffen klingelte an dem großen, weißen Haus, das sich umringt von exakt geschnittenen Buchsbäumen und üppigen Rosenstöcken in den hellblauen Himmel reckte. Ein schmiedeeisernes Tor, gerahmt von weißen Säulen, auf denen Steinlöwen saßen und den Eingang bewachten, hielt Besucher in gebührendem Abstand. Eine ältere Frau mit Rüschenbluse und einer weißen Schürze öffnete die Tür.

„Ja bitte?"

„Frau Jacobi?" stellte Victor die Gegenfrage.

„Nein, worum geht es denn?"

„Wir würden gerne mit Herrn oder Frau Jacobi sprechen. Oder besser noch mit Philipp."

„In welcher Angelegenheit?"

„In einer vertraulichen."

„Wen darf ich melden?"

„Die Polizei!" sagte nun Victor forsch und streckte seinen Dienstausweis durch das Gitter. Die Frau verschwand hinter der Haustür, und ein Summen ließ das Tor aufspringen. Die drei Kriminalisten traten ein.

Durch eine zweite Tür betraten sie die Empfangshalle. Auf dem weißen Marmorboden lagen Teppiche, die teuer aussahen. Über schweren, dunklen Ledersesseln hingen alte Ölgemälde in goldenen Bilderrahmen, die von einem Kristallleuchter illuminiert wurden. „Einen Moment bitte, Frau Jacobi ist gleich bei Ihnen", sagte die Frau, die ihnen aufgemacht hatte, und verschwand hinter einer der zahlreichen Türen. „Nicht schlecht, oder?" fragte Victor, der sich einmal um die eigene Achse drehte. „Na ja", reagierte Steffen, „es regnet nicht rein, was will man mehr!" Jenny kicherte.

Die doppelflügelige Tür dem Eingang gegenüber wurde geöffnet und eine große, schlanke Frau im Sommerkleid kam auf die drei zu. „Was muss ich da hören, Polizei?" Victor machte einen Schritt auf sie zu und zeigte seinen Dienstausweis: „Guten Tag, Frau Jacobi, mein Name ist Behring, das sind die Kollegen Lemmermann und Petersen." Ohne auf die anderen Personen zu achten, sah sich die Frau den Ausweis genau an. „Was ist denn passiert, dass Sie mit einer Hundertschaft hier anrücken?"

„Wir haben eigentlich nur ein paar Fragen. Ist Ihr Sohn auch da?"

„Ja natürlich, er ist oben und macht seine Schularbeiten. Hat er etwas ausgefressen?"

„Nein, nein. Können Sie ihn holen?"

„Natürlich", nickte sie und rief nach Philipp.

„Was ist?" kam es aus der oberen Etage.

„Philipp-Schatz, kommst du mal eben runter?"

„Warum?"

„Es ist Besuch da."

Es dauerte nicht lange, und ein blonder, schlaksiger Teenager kam die Treppe herunter. Mit offenem Hemd und den Daumen in den Hosentaschen blieb er vor Steffen stehen und warf den Kopf nach hinten: „Was gibt's?" fragte er.

„Du bist doch mit Marcel Heinemann befreundet, oder?"

Frau Jacobi verdrehte die Augen. „Ich habe dir immer gesagt, dass das kein Umgang für dich ist!" zischte sie ihrem Sohn zu.

„Befreundet? Könnte man so nennen", sagte Philipp zögernd.

„Wann hast du Marcel das letzte Mal gesehen?"

„Marcel? Mittwoch oder Donnerstag."

„Nicht am Wochenende?"

„Nein."

„Wusstest du, dass er … *ausgezogen* ist?"

„Nein."

„Weißt du, wo er jetzt sein könnte?"
„Nein."
„Kennst du einen Große Sterk?"
„Klar, den Spargelkönig."
„Du kennst Martin oder Bernhard Große Sterk?"
„Ich kenne nur eine Sophie."
„Näher?"
„Diese Ziege? Bitte nicht!"
„Wie ist dein Verhältnis zu Herrn Meiller?"
„Wird das hier ein Verhör?" schaltete sich nun Frau Jacobi ein.
Steffen erklärte ihr, dass es sich lediglich um eine Befragung handele und Philipp ein wichtiger Informant sei.
„Er ist Lehrer, das sagt doch alles, oder?" gab Philipp mit gespielter Überheblichkeit zur Antwort.
„Das heißt, du magst ihn nicht!"
„Ach, wissen Sie", antwortete er gedehnt, „ich mache, was man von mir verlangt in der Schule und mehr nicht. Ob diese Typen, die da vorne rumkaspern, nett sind oder nicht, interessiert mich nicht."
„Verstehe. Hat es dich auch nicht interessiert, dass sie deinen Freund rausgeschmissen haben?"
Philipp vergrub die Hände in den Hosentaschen: „Es war ungerecht. Die ... die wollten ein Exempel statuieren. Darum musste er gehen."
„Hätte es auch dich treffen können?"
„Nein!"
„Und hättest du diese Sache mit Marcel nicht verhindern können?"
„Irgendwann ist jeder selbst für sich verantwortlich."
„Sicher", stimmte Victor zu und machte sich Notizen. „Was hast du Samstagabend gemacht?"
„Samstag war ich auf der Geburtstagsfeier meiner Großmutter", sagte Philipp langsam und grinste breit.

„Und heute morgen?"

„War ich natürlich in der Schule. Fürs Leben lernen!"

„Gut, das war es fürs Erste", murmelte Victor und hielt Philipp eine Visitenkarte hin: „Wenn dir ganz zufällig Marcel begegnen sollte, sag ihm, dass er sich melden soll."

„Aber selbstverständlich!" säuselte Philipp.

„Vielen Dank", verabschiedete sich Victor, drehte sich zu Frau Jacobi um und reichte auch ihr eine Karte.

19. Montag, 15:16 Uhr

Victor bog an dem Große Sterk-Schild in die Einfahrt zum Hof, überquerte die Gleise und fuhr durch den Wald. Steffen zeigte auf einen schwarzen Golf, der in einem Seitenweg stand. Victor fuhr langsamer, um den Besitzer ausfindig zu machen. An der Stelle, wo sich auch schon Sonntagmittag Sophie mit Dennis zu einem Stelldichein getroffen hatte, saß wieder jemand. Durch das dichte Blattwerk konnte Victor zwar nicht erkennen, um wen es sich handelte, doch er vermutete, dass es wieder die Tochter des Hauses mit ihrem zweifelhaften Freund war. Er beschleunigte, passierte die Allee und fuhr auf den Hofplatz, der in der prallen Sonne lag. Sie parkten neben anderen Wagen, die vor dem Hofladen standen.

„Was willst du eigentlich hier?" fragte Steffen und schnallte sich ab.

„Wir müssen noch einige offene Fragen klären."

„Zum Beispiel?"

„Ich suche eine Verbindung zwischen den Große Sterks und den Meillers."

„Das ist einfach! Die kürzeste Verbindung ist über die Warendorfer Straße, durch den Kreisverkehr und dann in die Mozartstraße."

Jenny kicherte.

„Wann wirst du endlich mal ernst?" wollte Victor wissen und stieg aus.

„Wenn ich so alt bin wie du!" antwortete Steffen und folgte seinem Kollegen.

Ein kleiner Mann stand vor einem VW-Bus und brüllte auf Polnisch in den Wagen hinein. Neugierig ging Victor auf ihn zu.

„Wo ist das Problem?" fragte er den Mann. Sofort änderte dieser seinen Gesichtsausdruck, und in freundlich säuselndem Ton antwortete er mit starkem polnischem Akzent, dass es etwas Internes sei, nicht der Rede wert und eigentlich schon erledigt. Eine Frau im Bus fragte etwas, das Victor nicht verstand. Der Mann bedeutete mit herrischer Geste, dass sie ruhig sein solle. Victor sah in den Bus. Es stank nach Schweiß. Erschöpfte und verschwitzte Arbeiter mit dreckigen Knien und Händen sahen ihn erwartungsvoll an. Er lächelte verlegen und wandte sich an den Mann: „Sind Sie der Vorarbeiter?" Der Mann nickte.

„Dann haben Sie auch den Samstagabend mit Herrn Große Sterk verbracht?"

„Ja, am Samstag waren Herr Große Sterk und ich die ganze Zeit zusammen. Wir haben die Schälmaschine repariert."

„Wie heißen Sie?"

„Janusch Michalka."

„Kennen Sie einen Herrn Meiller?" fragte Steffen aus dem Hintergrund. Der Vorarbeiter schüttelte den Kopf.

„Oder einen Marcel Heinemann?" Wieder Kopfschütteln.

„Kenne nur meine Arbeiter, Familie Große Sterk und Kunden", teilte er in gebrochenem Deutsch mit und rollte jedes R dabei. Wieder fragte die Frau aus dem Bus etwas. „Cichy[4]!" zischte Janusch Michalka und zeigte ihr seine Handinnenfläche.

„Da sind Sie ja schon wieder", hörte Victor plötzlich eine tiefe Stimme neben sich. Bernhard Große Sterk stand mit einem Fuß auf der Stoßstange vor dem Bus.

„Kennen Sie einen Herrn Meiller?" stellte Victor sofort seine Frage, ohne sich mit einer Begrüßung aufzuhalten.

„Nein."

„Und einen Marcel Heinemann?"

„Auch nicht."

4 „still"

„Philipp Jacobi?"
„Nein."
Jetzt meldeten sich mehrere Stimmen aus dem Bus und stellten lautstark Forderungen. Janusch winkte ihnen mit einem genervten „Tak, tak[5]!" Erleichtert stiegen die Spargelstecher aus und verschwanden hinter den Scheunen.
„Kann ich dann?" fragte Janusch und deutete auf den Bulli.
„Muss Spargel ausliefern."
„Ja, los!" animierte Bernhard Große Sterk, sah auf die Uhr und klatschte in die Hände. Janusch setzte sich in den Bus, fuhr mit geöffneter Seitentür zu einer der Scheunen und lud Kisten mit Spargelstangen ein. „Wo fährt er hin?" fragte Jenny Petersen, die sich bisher zurückgehalten hatte.
„Die meisten Restaurants lassen sich täglich beliefern. Dann fährt er noch zu den Marktbeschickern, zu den kleineren Geschäften, Hofläden und und und", erklärte Große Sterk und sah zu Janusch. „Der da ist mein bester Mann, meine rechte Hand sozusagen. Die Verbindung zwischen mir und den Arbeitern", ergänzte er.
„Und wie ist das Verhältnis zwischen Ihnen und Dennis Vorderholt?" Große Sterk verdrehte die Augen: „Dieser kleine …", er zügelte sich. „Dennis ist ein Großmaul. Ein Spinner. Er hatte mal was mit Sophie, doch das hat sich Gott sei Dank erledigt."
„Sagen Sie", setzte Steffen nun an, „worum ging es in dem Streit zwischen Ihnen und Ihrem Bruder?" Bernhard Große Sterk fuhr sich mit den Fingern durch die Haare. „Ach, es ging um nichts Besonderes. Ein normaler Streit. Er ist halt mein Bruder."
„Worum ging es genau?"
Große Sterk fixierte sein Gegenüber „Um Geld", antwortete er schließlich. Victor breitete die Arme aus und machte eine halbe Drehung mit dem Oberkörper.

---

5 „Ja, ja!"

„Aber finanziell scheint es Ihnen doch gut zu gehen!" Große Sterk sah auf den Boden und massierte sich den Nacken.

„Ja, es geht auch gut. Aber nur, wenn alle an einem Strang ziehen. Wenn alle mit anfassen. Martin hatte eine andere Auffassung von …" er suchte nach den richtigen Worten, „na, vom Leben halt. Er hatte das Arbeiten nicht gerade erfunden. Wenn es nach ihm gegangen wäre, dann hätte er etwas anderes gemacht."

„Und was hätte er gemacht?"

„Das weiß ich nicht so genau!" sagte Große Sterk und zog die Schultern hoch.

„Das glaube ich nicht. Sie haben darüber gestritten, was er gemacht hätte", wandte Victor ein. Große Sterk war es unangenehm, dass er beim Flunkern erwischt worden war.

„Am liebsten hätte er hier alles verkauft", sagte er. „Das Haus, den Hof, die ganzen Ländereien. Alles! Ohne Rücksicht auf Verluste. Und mit dem Geld dann irgendwo ein unbeschwertes Leben geführt – in Saus und Braus. Und das ist genau das, was ich nicht wollte!"

„Ein unbeschwertes Leben in Saus und Braus?"

„Das Land und den Hof verkaufen! Darum ging es in dem Streit! O.K.?"

Victor nickte.

„Eins noch: Ihr Bruder muss identifiziert werden. Können Sie morgen in die Rechtsmedizin kommen?"

„Muss das sein?"

„Muss sein!" bestätigte Steffen und notierte die Adresse auf einem Stück Papier, das er aus seinem Block riss und Große Sterk hinhielt.

„Wann?"

„So gegen 11 Uhr."

„Gut, dann mache ich die Münstertour selber."

„Bis morgen!" sagte Victor mit Nachdruck und verabschiedete sich.

„Vielen Dank", fügte Steffen hinzu. Sie beschlossen zum Präsidium zurückzufahren, um die Büroarbeit zu erledigen und der KTU einen Besuch abzustatten. Widerstrebend setzten sie sich in den Dienstwagen, der sich in der Sonne aufgeheizt hatte, und fuhren vom Hof. An dem Weg, der durch das Wäldchen führte, stand noch immer der schwarze Golf. Zwischen Bäumen und Büschen erkannten sie Sophie Große Sterk und Dennis Vorderholt, die turtelten. „Warum treffen die sich immer hier und nicht woanders?" murmelte Victor. „Und vor allem: Was findet die bloß an dem?"

„Was sie findet, kann ich dir sagen, auch wo", antwortete Steffen. Jenny Petersen kicherte.

„Und was findet Steffen bloß an dieser Jenny?" dachte Victor.

20. Montag, 16:25 Uhr

Nachdem sie kurz die Polizeikantine aufgesucht und sich etwas gestärkt hatten, stiegen sie eine Etage tiefer, um zur KTU zu gelangen. Steffen warf die Tür auf.

„Kannst du nicht klopfen?" rief ein junger Mann über seinen Bildschirm hinweg.

„Doch, kann ich!" sagte Steffen, betrat den großen Raum und klopfte auf eine Tischplatte. Jenny und Victor folgten ihm. Der Raum war mit Jalousien abgedunkelt. Auf den Tischen liefen mehrere Computer. Technische Geräte, Messinstrumente und Werkzeugkisten standen in Regalen an der Wand. Ein zweiter Mann kam aus einem Hinterzimmer. Er hielt einen Messbecher aus Glas mit einer dunklen Flüssigkeit in der Hand. Mit einem Holzspatel rührte er darin herum.

„Sieh an, die Herren Lemmermann und Behring, welch Glanz in unserer bescheidenen Hütte."

„Hallo Mädels", grüßte Steffen und wandte sich zu Jenny: „Also, das sind Klaus und Johann. Diese Jungs sind das Herz der KTU, unsere Schnüffler. Sie zerlegen alles, bekommen alles raus und wissen alles." Der Mann hinter dem Rechner stand auf, schob seine Brille den schwitzigen Nasenrücken hoch und streckte Jenny seine Hand entgegen. „Ich bin Johann. Wir sind verantwortlich für Daktyloskopie, Urkunden, Werkzeuge und deren Spuren, Schusswaffen und Schusswaffenspuren sowie die Sicherstellung und Auswertung von und EDV-Geräten."

„Jenny. Ich bin … Polizeilehrling", stellte sich Jenny vor und schüttelte die Hand des Mannes.

„Hallo!" winkte der andere Mann, der Klaus sein musste:

„Und dich hat man zu diesen Jungs gesteckt?" fragte er, drehte sich zu Steffen und sagte: „Na, da hat man ja das Lamm zum Wolf geschickt."

„Was hast du denn da, Klaus?" fragte Steffen um abzulenken und deutete auf den Messbecher. Klaus nahm den Holzspatel aus dem Glaskolben.

„Kaffee", sagte er trocken und trank einen Schluck.

„Zur Sache", mischte sich Victor ins Gespräch, „was habt ihr herausgefunden?" Johann schnellte hinter seinen Rechner zurück:

„Wir haben den Computer von diesem …. Großen Dings unter die Lupe genommen."

„Große Sterk."

„Ja, ja. Ein einfacher Home-PC mit einen typischen Betriebsprogramm, sehr verbreitet, aber doch sehr anfällig, ich arbeite selbst ja lieber …"

„Johann!" ermahnte Klaus seinen Kollegen.

„Ja, schon gut. Wir haben euch die letzten 100 Mails, die er bekommen und verschickt hat, ausgedruckt. Spam und Werbung haben wir weggelassen." Er überreichte einen Stapel Papiere.

„Und das Handy?" wollte Victor wissen.

„Ein Standard-Handy, Smartphone, UMTS, Bluetooth, MP3-Player, Kamera mit über 8 Megapixeln, Internetflat …"

„Johann!" mahnte Klaus wieder, leerte das Glas und blätterte einige Papiere auf.

„Hier die Leute, die ihn angerufen haben. Hier die, die er selber angerufen hat, hier alle SMS und die Bilder, die er gemacht hat. Außerdem noch die Termine, die im Kalender eingetragen waren." Er legte den Stapel auf den anderen.

„Was ist mit dem Projektil?" fragte Victor. Klaus sah in seinen Unterlagen nach: „Es handelt sich um ein 9 x 19 mm Teilmantelgeschoss. Ist in dieser Größe eher selten. Macht hässliche Löcher."

„Ja, das konnte man sehen", bestätigte Steffen.

„Sind die Patronen von dem Anschlag auf den Lehrer die gleichen wie die von dem Toten?"

„Es gab keine Hülse bei diesem Große Dingsbums. Es handelt sich aber bei beiden um die gleiche Größe!"

„Also vom gleichen Gewehr?"

„Gewehr oder Pistole?" fragte Steffen dazwischen

„Ja, von der gleichen Pistole!" bestätigte Klaus.

„Noch etwas! Es handelt sich bei der Feuerwaffe um ein älteres Modell. Wie alt genau, kann ich nicht sagen, es ist aber nicht in den letzten … sagen wir … 50 Jahren gefertigt worden." Er legte die starke Vergrößerung eines Projektils vor und zeichnete mit einem Kugelschreiber darauf herum.

„Es gibt Hinweise von den Laufspuren an den Kugeln, und die Art, wie und wo der Hahn aufgeschlagen …"

„Johann!" mahnten nun alle gleichzeitig.

„Ja ja, schon gut."

„Eins noch", bemerkte Victor, der die Klinke schon in der Hand hatte, „könnt ihr bei Gelegenheit die Autos von den Große Sterks auf Schmauchspuren überprüfen?"

„Gut, wir kümmern uns drum."

„Es ist nicht schlimm, wenn es schnell geht!"

„Ja klar, wie immer. Am besten gestern."

„Genau", bedankte sich Steffen.

Gegen halb sechs beschlossen sie, für diesen Tag Feierabend zu machen. Steffen bot Jenny an, sie nach Hause zu bringen. Victor warnte seinen Freund eindringlich: „Mach bloß keine Dummheiten!"

„Dumm wäre es, nichts zu machen", grinste Steffen.

Victor zuckte die Achseln und machte sich auch auf den Heimweg.

Vom Auto aus rief er Katharina an, sagte ihr, dass er auf dem Nachhauseweg sei und dass er sich unheimlich auf den ersten gemeinsamen, ruhigen Abend freue. Sie war kurz angebunden und wirkte gereizt.

Er fuhr mit heruntergelassenen Scheiben durch den Berufsverkehr. Vom Ring bog er in die Warendorfer Straße ein. Er ließ sich die Ereignisse des Tages durch den Kopf gehen. Es gab noch zu viele Lücken in diesem Fall, als dass er schon irgendwelche Schlüsse ziehen könnte. Er wusste nicht, warum sich Sophie und Dennis immer im Wald trafen, wer auf Meiller geschossen hatte und was die beiden Anschläge miteinander zu tun hatten. Und er wusste nicht, warum Katharina so kühl war.

21. Montag, 18:38

„Katharina?" rief Victor ins Haus und staunte nicht schlecht, wie sich sein neues Zuhause verändert und was Katharina an diesem Tag geschafft hatte. Die Kartons, die noch am Morgen in Flur und Wohnzimmer standen, waren verschwunden. Ein Regal hatte seinen Platz an der Wand gefunden und war mit Büchern, Zeitschriften und Kleinigkeiten dekoriert. Das Sofa war von den Kleidersäcken und Decken befreit. Sogar einige Bilder hingen an der Wand.

„Küche!" rief Katharina. Sie stand zwischen Umzugskartons und räumte Küchenutensilien in die Oberschränke. Victor umarmte seine Frau von hinten, legte die Hände auf ihren Bauch und küsste sie.

„Na, wie war dein Tag?" fragte er.

„Ich kümmere mich um den Haushalt und warte, bis mein Mann nach Hause kommt."

„So wie sich das gehört!"

Sie schlug ihn mit dem Trockentuch.

„Und wie geht's unserem Sohn?" fragte er und rieb ihren Bauch.

„Ausgezeichnet. Unser Nachwuchs ist heute sehr aktiv. Ich musste mir einige Tritte gefallen lassen." Victor ließ beide Hände auf der Wölbung liegen: „Dann wird er bestimmt mal Fußballer."

„Oh Gott, bitte nicht!"

„Und wie geht es dir?" wollte Victor ernsthaft wissen.

„Ich bin sauer!" sagte sie und befreite sich aus seiner Umarmung.

„Warum?"

„Alle waren gestern Abend mit ihrem Partner da. Nur ich nicht."

„Ich konnte nicht. Du weißt, dieser Mord in Telgte."

„Ja ja, du und deine Fälle ...!" grummelte sie.

„Ich hatte mir den zweiten Abend in unserem Zuhause auch anders vorgestellt", versuchte Victor seine Frau zu beschwichtigen und suchte nach einer Ablenkung „Hast du uns etwas Schönes gekocht?"

„Nein!" fauchte Katharina. „Ich habe uns Spargel und Kartoffeln gekauft. Wenn du Hunger hast, kannst du dir dein Abendessen selber kochen!"

„Echt?" Victor sah Katharina verständnislos an.

„Eier und Schinken sind im Kühlschrank."

Sie drehte sich um und sah ihm kämpferisch in die Augen:

„Du musst allerdings auch alleine essen. Ich fahre zu Marie. Die hat noch alte Kindersachen, die ich abholen kann." Katharinas Ton wurde schärfer.

„Zu deiner Schwester? Hat das denn nicht Zeit bis morgen?" fragte Victor nach, als ob er nicht richtig verstanden hätte.

„Hmm! Sie hat nur heute Zeit!" bestätigte Katharina und räumte Porzellan in einen Oberschrank.

„In deinem Zustand? Soll ich nicht mitkommen?" bot er eher halbherzig an, denn er fand Katharinas Schwester anstrengend. Katharina lachte künstlich, denn sie erkannte, dass es sich um eine Höflichkeitsfloskel handelte. Sie freute sich trotzdem über das Angebot, lehnte aber ab.

„Ist das die Rache, weil ich gestern Abend nicht dabei war?" fragte Victor.

„So ist es!" bestätigte sie und griff sich ihre Strickjacke. Sie trällerte ein triumphierendes „Tschüss, bis später!" Dann war sie verschwunden. Victor stand verdutzt in dem leeren Haus. Es war doch lediglich ein Hechelkurs, den er geschwänzt hatte. Sicher war es nicht nett von ihm gewesen, aber diese Reaktion fand er übertrieben.

Nach einem kurzen Moment der Ratlosigkeit beschloss er, das

Beste aus der Situation und sich den Abend schön zu machen. Er schloss die Musikanlage an und schob eine Ray-Charles-CD ein. *Motown* war seine große Leidenschaft. Er ging auf die Terrasse. Dort saß er allein an dem großen Tisch und trank einen gut gekühlten Weißwein. Der Hunger war ihm vergangen.

In den angrenzenden Gärten liefen Rasensprenger und Gartenschläuche. Er sah auf seinen eigenen Rasen, der viel zu lang war und außerdem eine ungesunde, braun-durstige Farbe angenommen hatte. Darum müsste er sich bei Zeiten auch kümmern, doch andere Dinge hatten momentan Vorrang.

Es war noch immer heiß, und obwohl Victor einen anstrengenden Tag hinter sich gebracht hatte, war er noch nicht bereit, ins Bett zu gehen. Also machte er nach dem Essen noch einen kleinen Spaziergang und ging aus Neugier in Richtung Hagen. Er wollte sehen, ob Marcel Heinemann vielleicht wieder in seinem Übergangsdomizil im Schrebergarten aufgetaucht war. Langsam schlenderte er an den Gärten vorbei, bis er zu dem rostigen Tor kam, hinter dem der Schrebergarten von Rosi Köster lag. Obwohl das Häuschen dunkel und ruhig dalag, und obwohl Victor seine Dienstwaffe nicht dabei hatte, machte er sich daran, die Hütte zu erkunden. Vorsichtig sah er durchs Fenster. Er konnte nichts erkennen. Ohne ein Geräusch zu machen, öffnete er die Tür.

In weiter Entfernung hörte er das Hupen der Regionalbahn.

22. Dienstag, 6:07 Uhr

Marek wurde von dem Geschrei wach, das aus einem der Container kam. Die üblichen Schreiattacken von Janusch waren zur täglichen Routine geworden. Er schikanierte die Arbeiter, wo er nur konnte. Marek setzte sich auf seiner Luftmatratze auf und lehnte sich an den Container. Mit seinem Tabakbeutel auf den Beinen drehte er sich eine Zigarette, als der cholerische Oberaufseher auf ihn zukam. Marek beobachtete ihn ruhig, zündete die Zigarette an und nahm den ersten Zug. Heute könnte es passieren, dachte er. Langsam erhob er sich. Janusch raste vor Wut, und obwohl sein Gegenüber einen Kopf größer war als er selbst, zog er ihn an den Haaren und schrie:

„Beeil dich gefälligst! Sonst kannst du heute noch nach Hause fahren!"

Auf diesen Moment hatte Marek gewartet. Noch vor ein paar Tagen hätte er diese Demütigung über sich ergehen lassen. Er hatte immer das getan, was Janusch befahl. Aber nun war es an der Zeit, den Spieß umzudrehen und sein As auszuspielen. Er ballte seine rechte Faust und legte allen Frust und allen Hass in diesen einen Schlag. Mit ganzer Kraft rammte er Janusch die Faust in den Bauch. Japsend fiel der auf die Knie und kippte dann zusammengekrümmt auf den staubigen Boden.

Marek baute sich breitbeinig vor Janusch auf, zog an seiner Zigarette, beugte sich nach unten und blies dem wimmernden Mann den Rauch ins Gesicht.

„Hör zu, du kleiner Scheißer! Ich weiß von deinen dreckigen kleinen Geschäften."

„Was kannst du denn schon wissen!" röchelte Janusch.

„Alles! Ich bin dir hinterher gefahren, und ich habe gesehen, was du treibst!"

Noch immer rang Janusch nach Luft: „Es trifft doch keinen armen Schlucker. Der merkt das doch gar nicht!"

„Es gibt zwei Möglichkeiten!" fuhr Marek fort, der seinen Triumph auskostete. Er sprach langsam und bedächtig.

„Entweder gehst du zum Chef und gestehst alles", er machte eine Pause und tat so, als müsse er überlegen, „oder du hörst auf damit, bist von nun an freundlich zu uns und verteilst aus lauter Dankbarkeit deinen Zusatzverdienst an alle!" Janusch richtete sich mühsam auf.

„Ich kann nicht …" setzte er an, aber Marek fiel ihm ins Wort: „Du hast die Wahl!" sagte er, zog ein letztes Mal an seiner Zigarette und schnipste die Kippe auf Janusch.

23. Dienstag, 7:15 Uhr

Victor hatte frische Brötchen gekauft und leise den Frühstückstisch gedeckt. Sogar dieser scheußlich riechende Schwangerschaftstee, den Katharina unentwegt in sich hineinschüttete, stand dampfend auf dem Tisch. Katharina schlief noch. Er hatte ein schlechtes Gewissen, weil er sie allein zur Schwangerschaftsgymnastik hatte gehen lassen. Darum versuchte er mit solchen kleinen Aufmerksamkeiten die Wogen etwas zu glätten. Doch jetzt kaute er allein an einem Brötchen und schlug die Zeitung auf. Der Mord war Thema Nummer eins.

„Mord in Telgte" titelte die erste Seite und berichtete detailliert von dem Vorfall. Auch in der Rubrik „Telgte" stand etwas zum Mord. Zwischen einem Text über ein Kinder-Schützenkönigspaar und einer Kulturveranstaltung im Bürgerhaus war ein Bericht, der den Mord zum Thema hatte und vermeintliche Hintergrundinformationen verriet. Victor las ihn aufmerksam und war erstaunt, dass die Zeitung so sachlich berichtete und sich keinen Spekulationen hingab.

Als sein Blick auf die Uhr fiel, stürzte er seinen Kaffee hinunter, ging ins Schlafzimmer, küsste Katharina, die schlaftrunken grunzte, strich ihr über den Bauch und machte sich auf den Weg.

Er konnte nicht anders: Er stoppte am Hagen und lief zu der Hütte. Alles war wie am Vorabend. Die Gartengeräte, der Grill, die Liege, alles unverändert und unbenutzt. Marcel war offenbar nicht hier gewesen. Er musste also irgendwo anders untergekommen sein. Victor fragte sich, wohin sich ein Jugendlicher verkriecht, wenn er gesucht wird. Welche sozialen Kontakte hat so ein 15jähriger, und wer würde ihm Unterschlupf gewähren? Es kamen nur Freunde oder Verwandte infrage. Was war eigentlich mit dem Vater? Es ist nicht unüblich, dass der zweite Elternteil als Zufluchtsstätte herhalten muss. Vielleicht war Marcel dorthin geflüchtet. Das galt es zu überprüfen. Also auf nach Münster.

24. Dienstag, 7:55 Uhr

Im Präsidium wurde Victor direkt zur Gruppensitzung gelotst. In mehr oder weniger regelmäßigen Abständen trafen sich alle, die einen Fall bearbeiteten, und tauschten sich über den Stand der Dinge aus. Im Konferenzraum war es schon jetzt warm und stickig.

Victor stieß Steffen in die Rippen, deutete mit seinem Kugelschreiber in Richtung Jenny Petersen, die nach ihm den Konferenzraum betrat. Leise fragte er: „Wenn ich Frau Petersen untersuchen würde, würde ich da deine Fingerabdrücke finden?"

Steffen zog die Augenbrauen hoch.

„Man untersucht doch nur, wenn man einen konkreten Verdacht hat."

„Habe ich!"

Steffen ließ zwei Stückchen Zucker in seinen Kaffee fallen.

„Ich habe sie schon selber eingehend untersucht. Ich konnte keine Fingerabdrücke finden."

„Dass du dich nicht schämst! Mit einer Auszubildenden!" sagte Victor vorwurfsvoll und tippte sich an die Stirn, „und dann auch noch mit so einer jungen ..."

Steffen presste die Lippen aufeinander und nickte. „Es kostet mich auch große Überwindung!" sagte er und konnte sich ein Grinsen nicht verkneifen.

Bleck stand vorn und referierte mit etwas heiserer Stimme über den Fortschritt der Ermittlungen. Victor hörte nicht richtig hin. Gedankenversunken rührte er in seiner Tasse. Er rief sich die Zeitung noch einmal ins Gedächtnis. Nicht den Bericht über den Mord, sondern die kleine Meldung auf der Lokalseite: Das Königspaar!

„Es waren zwei Königskinder, die hatten einander so lieb. Sie konnten zusammen nicht kommen, das Wasser war viel zu tief", sprach er leise vor sich hin.

„Was?" fragte Steffen, der es gewöhnt war, dass sein Kollege vor sich hinmurmelte.

„Königskinder!" rief Victor laut aus.

„Ja? Behring?" unterbrach Bleck seinen Vortrag.

„Schon gut, ich habe nur laut gedacht", winkte Victor ab.

Bleck monologisierte weiter, während Victor seinen Gedanken nachhing. „Was ist denn?" flüsterte Steffen in gedämpftem Ton.

„Gleich!" zischte Victor und deutete auf Bleck, der ärgerlich zu den beiden herübersah.

Nach 20 unendlich zähen Minuten beendete Bleck seinen Vortrag und entließ seine Kollegen mit seinem notorischen „Na dann: Viel Erfolg!"

Die Anwesenden verließen murmelnd den Raum. Nur Victor und Steffen blieben sitzen.

„Victor, was war denn?" fragte Steffen und nahm den letzten Schluck aus seinem Plastikbecher.

„Sophie Große Sterk und ihr Freund Dennis Vorderholt. Sie können – oder besser, sie dürfen nicht zusammen sein."

„Versteh ich nicht!" gab Steffen zu.

Jenny kam näher und schob sich auf den Stuhl neben ihm.

„Es ist so", erklärte Victor, „der alte Große Sterk will nicht, dass dieser Dennis an seiner Tochter rumgrapscht. Weil er seiner Tochter aber nicht den Umgang verbieten kann, hat er Dennis Hausverbot erteilt."

„Weil einer Hausverbot bekommt, bringt er doch keinen um."

„Aus einer Antipathie kann schnell Hass werden. Als Dennis ihn zufällig trifft, bietet sich ihm die einmalige Gelegenheit und er erschießt ihn. Weiß aber nicht, dass der andere Bruder in dem Wagen sitzt."

„Eins der wichtigsten Motive: Hass!"

„Was gibt es noch für Motive?" fragte Jenny lasziv und sah Steffen tief in die Augen.

„Geld zum Beispiel, oder Rache", antwortete Victor.

„Oder Liebe!" ergänzte Steffen und grinste.

„Was liegt also heute an?" fragte Jenny und rutschte auf ihren Stuhl hin und her. Steffen beugte sich vor: „Ich würde sagen, erst zum KÜ, ein wenig baden, und dann gehen wir gemütlich irgendwo ein Eis essen."

„Genau so machen wir's!" sagte Victor und wedelte mit dem Zeigefinger. „Wenn wir den Fall aufgeklärt haben. Aber vorher: Ran an die Schreibtische, wir müssen einiges erledigen!"

Sie erhoben sich und trotteten ins Büro. Hier unterrichtete er die beiden anderen von der Idee, dass Marcel vielleicht bei seinem Vater sein könnte.

„Darum kümmere ich mich", bestätigte Steffen nickend und klemmte sich umgehend hinter seinen Schreibtisch. „Wollen wir doch mal sehen, wo der Vater wohnt …"

„Was mache ich?" fragte Jenny Petersen hilflos.

„Für Sie habe ich eine Sonderaufgabe", sagte Victor, teilte den Papierstapel, den sie von der KTU bekommen hatten, in zwei Teile, und übergab Jenny die eine Hälfte.

„Sie telefonieren doch gerne, oder?" Sie zog die Schultern hoch: „Geht so."

„Na, ausgezeichnet! Dann rufen Sie als erstes mal hier an."

„Und was sind das für Telefonnummern?"

„Nummern aus dem Handy von Martin Große Sterk. Leute mit denen er in den Tagen vor seinem Tod telefoniert hat."

„Und was soll ich fragen?"

„Sie fragen die Leute, warum sie mit Martin Große Sterk telefoniert haben. In was für einer Beziehung sie zu ihm stehen, wann sie ihn zum letzten Mal gesehen haben und so weiter", erklärte Victor.

„Und so weiter?"

„Ja! Versuchen Sie, etwas aus den Leuten herauszubekommen. Etwas, das uns weiterbringen könnte."

Dann nahm er sich einige Papiere vom Stapel und fing an zu lesen. Er arbeitete sich systematisch, Blatt für Blatt, durch Mails, Briefe, SMS-Nachrichten, Bilder und alles, was der Computer und das Handy hergegeben hatten. Sie sortierten die Informationen in mehrere Kategorien: wichtig, unwichtig und noch zu prüfen.

Gegen halb elf unterbrach Victor seine Arbeit. Er hatte um elf Uhr einen Termin in der Pathologie. Er war dort mit Bernhard Große Sterk verabredet, der den Toten als seinen Bruder identifizieren sollte. Also verabschiedete er sich von Steffen und Jenny, die beide in die Papiere vertieft waren. Er hatte das Büro schon verlassen, als er noch einmal den Kopf durch die Tür steckte. „Und macht mir keine Dummheiten!" Steffen winkte ab, ohne aufzublicken. Jenny Petersen kicherte.

Victor nutzte die Fahrt und meldete sich telefonisch in der Pathologie an. Anschließend telefonierte er mit Katharina und erkundigte sich, wie es ihr und seinem Sohn gehe. Katharina berichtete von Rückenschmerzen und davon, dass sie allmählich keine Lust mehr habe, mit einem dicken Bauch durch die Gegend zu laufen. Victor griff sich in sein Seitenpolster. Dieses Gefühl kannte er nur zu gut.

25. Dienstag, 10:47 Uhr

Doktor Susanne Bruckner legte ihre Unterlagen beiseite. Sie ließ das Diktiergerät in ihre Tasche gleiten und schaute sich den Mann genau an, der da nackt vor ihr lag. Ein gut aussehender Mann in genau dem richtigen Alter. Mittelgroß, schlank, mit einem markanten Gesicht, oder dem, was noch davon übrig war. An der rechten Seite seines Kopfes klaffte ein Riesenloch. Schade um diesen Mann. Sie bedeckte den leblosen Körper mit einem grünen Tuch.

Es war schwierig für eine Singlefrau mit Mitte 30, den Richtigen zu finden. Die meisten Männer in diesem Alter waren entweder gebunden oder kamen für sie nicht in Frage. Obwohl sie bei ihren Ansprüchen schon Abstriche gemacht hatte.

Und wenn sie Männern begegnete, die gutaussehend und halbwegs interessant waren, so waren sie entweder tot, wie der, der gerade vor ihr lag, oder verheiratet, so wie der Mann, der gleich kommen würde. Seitdem Victor Behring vor zwei Jahren das erste Mal den Sektionsbereich betreten hatte, war sie ein bisschen verliebt. Doch der smarte Hauptkommissar, der immer ernst zu sein schien, war leider glücklich verheiratet und wurde jetzt sogar irgendwann Vater, obwohl er schon etwas älter war.

Sie seufzte und betrachtete ihr Gesicht im Spiegel. Dieser mintgrüne Kittel und das grelle Neonlicht ließen sie noch blasser wirken, als sie ohnehin schon war. Sie zog ein paar Mal die Lippen nach innen und kniff sich in die Wangen. Es gab Tage, da mochte sie sich. Da fand sie sich sogar ganz hübsch. Und es gab Tage, an denen sie sich selbst nicht ausstehen konnte. Dann entdeckte sie überall Körperstellen, die sie unperfekt, alt oder hässlich fand. So ein Tag war heute. Sie stützte sich auf das Handwaschbecken und rückte näher an den Spiegel. Es kam ihr so vor, als ob sich die Fältchen um ihre Augen vervielfältigt und vertieft hatten.

Sie fuhr herum, als sie ein Räuspern hörte. Victor Behring stand im Türrahmen und lächelte sie an. Susanne Bruckner fühlte sich ertappt und spürte, wie ihre Gesichtsfarbe ins Rote wechselte. Wie lange stand dieser Kerl schon dort?

„Hallo, Doktor Bruckner", grüßte der Hauptkommissar freundlich und streckte seine Hand aus.

„Wir haben uns lange nicht mehr gesehen!"

„Stimmt! Es ist schon einige Wochen her, dass wir den letzten Toten gemeinsam bearbeitet haben."

„Drei Monate!" verbesserte Susanne Bruckner.

„Sie sind früh dran", hörte sie sich sagen und ärgerte sich, dass es mehr wie ein Vorwurf klang und nicht wie nette Konversation.

„Bevor der Bruder des Toten kommt, um ihn zu identifizieren, wollte ich noch mit Ihnen reden."

„Ja?"

„Ja, ich wollte hören, was die Untersuchung ergeben hat."

„Die Untersuchung! Ja, die hat ergeben", sagte sie und holte ihre Unterlagen, „hat ergeben, dass der Mann um etwa 23:30 Uhr, plus minus eine Viertelstunde, von einem Teilmantelgeschoss in den Kopf getroffen wurde. Aus gar nicht so weiter Entfernung und aus etwa der gleichen Höhe."

„Der gleichen Höhe?"

„Zirka ein bis zwei Meter vom Boden entfernt. Wahrscheinlich hat der Täter auch in einem Auto gesessen. Das Opfer war sofort tot."

„Sonst noch etwas?"

„Sein Mageninhalt. Er hat kurz vorher etwas gegessen. Pasta, Feldsalat und dazu Wein."

„Wein?"

„Ja, einen spanischer Rotwein. 2006er, trocken, aus dem Barrique, erdig, aber mit fruchtiger Note, Südhang."
Victor zögerte einen Moment: „Echt?"
„Nein!" schmunzelte sie.
Er ließ sich zu einem Lächeln hinreißen.
„War er betrunken?"
„Nein. Ein oder zwei Gläser. Er war voll fahrtüchtig." Es klopfte und die Tür wurde geöffnet. Bernhard Große Sterk betrat den Raum. Victor begrüßte ihn und stellte Frau Dr. Bruckner vor.

Große Sterks Blick fiel auf den Edelstahltisch, auf dem offensichtlich ein Toter unter einem Laken lag. „Ist er das?" fragte er gedämpft.

Victor nickte und ging zum Sektionstisch. „Sind Sie bereit?" Große Sterk knetete seine Hände. „Ja."

Victor nickte Susanne Bruckner zu. Sie schlug das Laken mit beiden Händen so weit zurück, dass der Tote bis zum Brustbein unbedeckt war. Victor fixierte Große Sterk. Er wollte jede seiner Regungen wahrnehmen. Auch die kleinste. Der Spargelbauer sah einen Moment wie versteinert auf den Toten, bevor er sich abwandte.

„Ist das Ihr Bruder?" fragte Victor der Ordnung halber. Große Sterk presste ein heiseres „Ja" hervor. Dr. Susanne Bruckner deckte die Leiche wieder zu und notierte, dass der Anwesende den Toten als seinen Bruder Martin Große Sterk erkannt hatte.

„Kann ich dann gehen?" fragte Große Sterk, der noch immer aus dem Fenster sah.

„Ja, natürlich. Danke fürs Kommen." Große Sterk murmelte ein Auf Wiedersehen und verließ die Pathologie.

Wortlos stand Dr. Bruckner am Kopfende des Seziertisches und schaute Victor an.

Stille.

„So, dann war's das, oder?" durchbrach der Hauptkommissar das Schweigen.

„Ja, dann war's das. Aber nur, wenn Sie keine Fragen mehr haben." Nur zu gern hätte sie ihn gefragt, ob sie etwas zusammen essen gehen wollten, doch sie verkniff es sich.

„Im Moment nicht. Sie schicken mir den Bericht zu?"

Wieder entstand eine Pause.

„Und wann sehen wir uns wieder?" fragte Susanne Bruckner schließlich und streckte Victor ihre Hand entgegen. Sie versuchte es so beiläufig klingen zu lassen, wie es eben ging, und hoffte, dass es nicht zu aufdringlich wirkte.

„Beim nächsten Toten", erwiderte der Hauptkommissar lächelnd und verschwand durch die Tür.

„Ja, beim nächsten Toten", sagte sie leise zu sich selbst und seufzte.

26. Dienstag, 12:42 Uhr

Als Victor Behring das Büro wieder betrat, war er sich fast sicher, dass Steffen und Jenny die Zeit nur zum Turteln genutzt hatten. Doch sein Kollege saß telefonierend am Schreibtisch und machte sich Notizen, während Jenny Petersen in Papieren wühlte und wichtige Stellen mit einem Filzschreiber markierte.

„Na, wart ihr erfolgreich?" fragte Victor und schloss die Tür hinter sich. „Wir haben einiges herausgefunden!" gab Jenny euphorisch zur Antwort. Steffen dankte seinem Telefonpartner und warf den Hörer auf die Gabel.

„So ist es!" bestätigte er und sah auf die Uhr.

„Erst Ergebnisse, oder erst Mittag?" fragte Victor.

„Erst die Ergebnisse!" platzte es aus Jenny heraus.

Victor setzte sich auf die Schreibtischecke: „Dann schießt mal los!" Er sah Jenny an, dass sie sich kaum zurückhalten konnte.

„Also", sagte sie, „wir haben einiges herausgefunden! Wir wissen, wer *b-groehn* ist. Und auch wer diese Brigitte, die einige Male auf seinem Handy war. Nämlich ein und dieselbe Person. Brigitte Gröhn, 32 Jahre alt, Verwaltungsangestellte bei der Stadt Telgte. Bis 16:30 Uhr im Rathaus zu erreichen. Zimmer 412. Wohnhaft in der Nähe des Marktplatzes. Adresse habe ich hier aufgeschrieben." Sie schob Victor ein Stück Papier zu.

„Dann wissen wir, was es mit dem Bauplan auf sich hat. Es ist tatsächlich im Gespräch, dass das Land der Große Sterks Bauland werden soll."

„Wie viel?" fragte Victor, und Steffen erhob sich. Er hatte die Karte, die sie aus Martin Große Sterks Haus mitgenommen hatten, an die Wand geheftet. Direkt daneben hingen einige Fotos der Beteiligten und kleine, gelbe Zettel mit Notizen. Er zeigte auf eine schraffierte Fläche auf der Karte. „Dies sind die Ländereien der Große Sterks östlich ihres Hofes. Hier wächst der leckere Spargel. Für unseren Fall aber relativ uninteressant." Mit einem Textmarker malte er einige gestrichelte Linien nach.

„Dies sind die Ländereien in Richtung Westen. Diese gesamte Fläche, zwischen dem Spargelhof und Telgte, soll, wenn es gut läuft, Bauland werden. Viele kleine Einfamilien- und Doppelhäuser. Weißt du, was das bedeutet?" Victor erhob sich und ging nah an den Plan heran.

„Das bedeutet Geld. Wahrscheinlich viel Geld", sagte er langsam.

„So ist es!" bestätigte Steffen „Mehrere Millionen!"

„Die beste Fruchtfolge, die es für einen Landwirt geben kann: Ackerland, Brachland, Bauland." Victor drehte sich um.

„Aber können wir da ein Motiv herleiten?" fragte er sich selbst leise und rieb sich das Kinn.

„Geld?" fragte Jenny, und Victor nickte.

„Frau Petersen, würden Sie für ein paar Millionen ihren Bruder umbringen?"

„Ich habe keinen", antwortete sie.

„Steffen, würdest du?"

„Selbstverständlich! Und du?" fragte Steffen zurück.

„Auch für weniger!" sagte Victor.

„Ja", lachte Steffen, „das kann ich verstehen! Ich kenne deinen Bruder."

Victor schüttelte nachdenklich den Kopf.

„Irgendetwas stimmt an der Theorie aber nicht. Wenn so viel Geld fließt, dann ist doch genug Geld für beide Brüder da. Martin könnte sich ein schönes Leben machen und Bernhard den Hof weiterführen." Er schlenderte zum Schreibtisch zurück und setzte sich wieder auf die Ecke.

„Was habt ihr noch?"

„Es haben einige Leute angerufen, die Tipps für uns hatten oder etwas gesehen haben wollen. Ist alles notiert und wird überprüft. Da taucht immer wieder ein Name auf:. Herrmann Kanter. Ein sehr verärgerter Mann, dem die Frau wegen Martin Große Sterk weggelaufen ist und der mehrfach mit Mord gedroht hat. Öffentlich gedroht." Victor sah auf den Namen.

„Sehr gut! Sonst noch etwas?"

„Dieser Marcel ist nicht bei seinem Vater. Wir haben mit dem Erzeuger gesprochen. Der ist schon seit zwei Wochen auf Montage – in München. Aber: Wir haben mit unseren Technikern von der KTU gesprochen, und die können uns jederzeit den Aufenthaltsort von Marcel Heinemann nennen."

Steffen ergänzte: „Handyortung. Aber nur dann, wenn es eingeschaltet ist."

Victor nickte: „Das ist doch eine schöne Nachmittagsbeschäftigung. Haben sich die Jungs von der KTU zu den Wagen der Große Sterks geäußert?"

„Nein, noch nicht."

„Dann gehen wir jetzt was essen."

In der hauseigenen Kantine machten sie sich über die lauwarmen Mahlzeiten her und besprachen das weitere Vorgehen. Sie beschlossen nach Telgte zu fahren und Frau Gröhn zu besuchen. Als sie die leeren Teller in den Geschirrwagen stellten und gerade zum Parkplatz gehen wollten, hielt Victor kurz inne und wandte sich um: „Ach, Frau Petersen, gute Arbeit!" sagte er und schenkte ihr ein anerkennendes Lächeln.

Jenny strahlte über das ganze Gesicht. Steffen drängte sich zwischen den Hauptkommissar und die Polizei-Anwärterin.

„Habe ich auch gute Arbeit geleistet, Chef?"

„Wahrscheinlich hast du das! Aber gut, dass ich das nicht mit ansehen musste." Victor boxte seinem Gegenüber freundschaftlich auf die Schulter. „Komm, Mörder fangen!"

27. Dienstag 14:46 Uhr

„Frau Gröhn hat sich krank gemeldet", sagte Steffen und verstaute sein Handy. „Ich habe eben mit der Stadtverwaltung gesprochen. Darum würde ich vorschlagen, dass wir es bei ihr zuhause versuchen." Victor nickte und bog über die Gleise in den Orkotten ein. Also nicht zum Rathaus, sondern direkt zu der Frau, die vielleicht ein Verhältnis mit dem Toten gehabt hatte. Sie hatte in Unmengen von Mails mit Martin Große Sterk korrespondiert, ihm SMS auf sein Handy geschickt und unzählige Male mit ihm telefoniert. Es konnte sich also nur um eine Beziehung handeln. Sie durchfuhren den Kreisverkehr mit der roten Telge, bogen in die Innenstadt und stellten den Dienstwagen auf der Emsstraße ab.

Sie klingelten bei „Gröhn", und als der Summer signalisierte, dass die Tür geöffnet wurde, stiegen sie die Holztreppe nach oben in den ersten Stock. Eine brünette Frau mit ausgewaschenen Jeans und einer weißen Bluse stand in der Wohnungstür.

„Frau Gröhn?" eröffnete Steffen das Gespräch. Die Frau nickte. „Und wer sind Sie?" Victor zeigte seinen Dienstausweis und stellte seine Kollegen vor.

„Sie sind krank?"

„Ja, mir ist ... mir geht's momentan nicht so gut." Sie sprach leise.

„Dürfen wir reinkommen?" fragte Victor. Es schien, als ob sich die Frau sammeln müsste.

„Ja, natürlich", sagte sie schließlich mit einem gezwungenen Lächeln. Sie bat die Kriminalisten in die Wohnung und führte sie ins Wohnzimmer. Die großzügig geschnittene Altbauwohnung mit hohen Räumen und Stuck an der Decke war hell und freundlich eingerichtet. Die Holzdielen auf dem Boden knarrten bei jedem Schritt. Sie nahmen auf den weißen Leinensofas Platz. „Kann ich Ihnen etwas anbieten?" fragte Frau Gröhn, doch Victor winkte ab. „Frau Gröhn, wissen Sie, warum wir hier sind?" Sie senkte den Kopf und verschränkte die Hände auf ihrem Schoß.

„Es ist wegen Martin, oder? Also wegen Herrn Große Sterk", sagte sie leise. „Ich habe es am Montag von einer Kollegin gehört. Und dann stand es gestern in der Zeitung."

„Ist das auch der Grund, warum Sie sich krank gemeldet haben?"

Sie nickte und sah auf den Boden.

„Wie war Ihre Beziehung zu Martin Große Sterk?"

„Wir sind …. wir waren zusammen."

„Wann haben Sie ihn das letzte Mal gesehen?"

„Am Sonntag. Martin war hier, wir haben etwas zusammen gekocht und … dann …" sie rang mit den Tränen.

„Wann ist er gefahren?" fragte Steffen und versuchte so ruhig zu sprechen, wie es die Situation erforderte. Brigitte Gröhn tupfte sich die Augenwinkel mit einem Taschentuch trocken und holte tief Luft: „Ganz genau weiß ich es nicht mehr, so etwa gegen halb zwölf."

„Hatten Sie Streit?" fragte Victor und beobachtete sein Gegenüber genau. Sie war eine schöne Frau mit vornehmer Haltung. Trotz ihres samtig-gepflegten Teints wirkte sie jetzt blass und angegriffen. Unruhig knetete sie das Taschentuch in ihren Händen. „Nun, wir hatten einige Schwierigkeiten in letzter Zeit. Aber Streit hatten wir nicht. Wir haben uns nie gestritten. Nie!" Victor räusperte sich: „Sie haben ihm mehrfach die Nachricht zukommen lassen, dass Sie eine Erklärung von ihm verlangen. Eine Erklärung wofür?" Die Frau wurde verlegen und sprach nun leise weiter: „Sonntag war eine Ausnahme. Er hatte wenig Zeit. Er hat … Nun ja, er hat sich rar gemacht. Die letzten drei oder vier Wochen haben wir uns kaum gesehen – und wenn wir etwas zusammen gemacht haben, dann war es nur kurz. Mal einen Kaffee zusammen trinken, oder mal ein schnelles Abendessen."

„Wollte er vielleicht die Beziehung beenden?"

Sie schüttelte den Kopf: „Nein, das glaube ich nicht. Obwohl ich auch erst meine Zweifel hatte."

„Warum Zweifel?" hakte Victor nach.

„Es ist so: Ich arbeite bei der Stadt. Bei der Baubehörde. Dort haben wir uns auch kennen gelernt. Er wollte zu einer Sitzung und hat sich im Zimmer geirrt. So ist er bei mir gelandet. Martin hatte da eine größere Sache in Planung. Ein Baugebiet zwischen dem Große Sterk-Hof und Telgte. Erst nur eine Siedlung. Eine Hand voll Häuser. Über kurz oder lang aber die ganze Warendorfer Straße entlang. Ein Riesenprojekt. Ich war ja nicht stimmberechtigt, aber ich konnte ihn auf dem Laufenden halten. Ihm berichten, wer dafür und wer dagegen war. Martin hat dann mit den Gegnern gesprochen, hat sie sich … wie soll ich sagen … hat sie sich vorgenommen. Er nannte es ‚Einzelgespräche führen'. Hat ihnen Versprechungen gemacht, irgendwelche Vorteile verschafft oder Ähnliches."

„Deshalb hatte er so wenig Zeit für Sie?"

„Nein. Mitte Mai war Ratsbeschluss. Die Abstimmung darüber, ob das Baugebiet genehmigt wird oder nicht. Da fing es erst an, dass er weniger Zeit für mich hatte. Ich bekam das Gefühl, dass er mich fallen ließ, weil ich ihm nicht mehr nützlich sein konnte. Ich war überflüssig!"

„Und? War es so?" fragte Steffen.

„Martin hat mir versichert, dass es mit dieser Sache nichts zu tun hatte und dass nun Hauptsaison für Spargel sei, er also voll eingespannt wäre und viel auf dem Hof zu tun hätte. Deshalb hatte er keine Zeit. Diese Zweifel hatte er ausgeräumt."

„Diese? Gab es noch mehr Zweifel?" wollte Victor wissen. Brigitte Gröhn wurde ein wenig verlegen.

„Er … er war als Macho verschrien. Als selbstsüchtig. Die Leute haben schlecht von ihm gesprochen. Alle haben mich gewarnt! Darum hat es lange gedauert, bis ich mich auf ihn eingelassen habe. Aber er war nicht so. Ich kannte ihn besser. Er war ein guter Mensch. Er hat sich um mich gekümmert – und er hat sich um andere gekümmert. Zum Beispiel seine Nichte: Er hat ihr zum Abitur ein Auto geschenkt. Das hat er ohne Hintergedanken getan. Selbstlos!"

Sie sprach leise weiter: „Als er aber plötzlich wenig Zeit für mich hatte, dachte ich, dass er eine andere hat, dass er mich … abservieren wollte. Das war aber nicht so. Er war nicht so einer! Wir haben uns geliebt! Geliebt!" Tränen kullerten über ihre Wangen, und sie musste sich die Nase putzen.

„Darum das Treffen am Sonntag! Zur Aussprache, oder?" folgerte Victor, und sie nickte. „Hat es etwas gebracht?" hörte sich Victor fragen und fand, dass es jetzt schon sehr persönlich wurde.

„Es ist Spargelzeit!" sagte sie resigniert und hob die Achseln.

Steffen beugte sich vor: „Können Sie sich vorstellen, wer einen Grund gehabt hätte, Herrn Große Sterk …" Victor fiel ihm ins Wort: „Wer ein Motiv für diese Tat haben könnte?"

„Nein, niemand!" Sie schüttelte den Kopf: „Er war ein guter Mensch."

„Eine Frage noch", ergriff nun Steffen wieder das Wort, „was haben Sie Sonntagabend gemacht, nachdem Herr Große Sterk gegangen war?" Sie überlegte nicht lange: „Ich bin ins Bett gegangen. Ich musste ja am nächsten Tag wieder arbeiten."

„Vielen Dank! Sie haben uns sehr geholfen", sagte Victor plötzlich, stand auf und reichte ihr seine Visitenkarte, „wenn Ihnen noch etwas einfallen sollte, dann informieren Sie uns bitte." Sie nickte wieder, nahm die Karte an sich und geleitete die drei zur Wohnungstür.

28. Dienstag, 15:16 Uhr

Auf der Straße herrschte mäßiges Treiben. Die Mittagshitze schien den ganzen Ort zu lähmen. Sämtliche Aktivitäten wurden durch die hohen Temperaturen gebremst, sogar die Kauflust. Wer etwas zu besorgen hatte, drückte sich nah an den Häusern entlang, die einen schmalen Streifen Schatten boten.

Steffen legte seine Hände auf den Bauch und signalisierte Hunger. Jenny Petersen gab die gleiche Meldung. Also beschloss man eine Pause einzulegen. Steffen und Jenny zog es in den nächsten Dönerladen; Victor hatte vor, sich ein kühles Plätzchen zu suchen, um sich die Fakten des Tages noch einmal durch den Kopf gehen zu lassen. Sie verabredeten sich für eine halbe Stunde später, am Wagen. Victor schob die Hände in die Hosentaschen und spazierte in Richtung Marktplatz. Es war Markttag. Wie an jedem Dienstagnachmittag stand der Marktplatz voll mit Anhängern und Verkaufsständen. Nur wenige Menschen tummelten sich zwischen Blumen-, Käse- und Gemüsewagen. Victor schlenderte zwischen ihnen hindurch und blieb vor dem Stand stehen, der mehrere Kisten mit Spargel anbot. „Königsgemüse" stand in Kreide auf einer Tafel darüber. Victor dachte an den heutigen Abend, den er in trauter Zweisamkeit mit Katharina verbringen wollte, um die Wogen zu glätten und um einfach Normalität einkehren zu lassen. Einen zweiten Anlauf eben. Er kaufte ein gutes Kilo der ersten Klasse, ließ sich die Stangen einpacken und schlenderte weiter über den Platz. Ihm fielen wieder die roten Pflastersteine auf, die im Boden eingelassen waren. Er ging ihnen nach; vorbei an dem Feinkostladen, einer Boutique und anderen Geschäften bummelte er durch Telgte und kam immer mehr zu dem Schluss, dass das Städtchen ihm gefiel. Es schien hier alles zu geben, was man benötigte. An einer kleinen Grünfläche, einem Geldinstitut gegenüber, setzte er sich auf eine Bank. Es war ein herrlicher Tag, und während Victor das gemächliche Treiben beobachtete, ließ er sich den Fall durch den Kopf gehen. Es gab noch zu viele Ungereimtheiten in dieser Angelegenheit. Schnell war er gedanklich bei den Große Sterks und versuchte sich klar zu machen, wie die Beziehungen der einzelnen Familienmitglieder zum Opfer gewesen sein mussten. Plötzlich fiel ihm ein schwarzer Golf auf, der auf der gegenüberliegenden Seite hielt. Die Heckscheibe war mit Neonbuchstaben vollgeklebt. Wildhüter! Diesen Schriftzug kannte er. Das Auto auch. Ein junger Mann mit Baseballkappe stieg aus und verschwand in der Bank. Auch diesen Knaben kannte Victor. Es war Dennis Vorderholt, der Freund von Sophie. Das war die Gelegenheit, dem Typen nochmal auf den Zahn zu fühlen. Schließlich konnte auch er ein Motiv haben. Sofort stand Victor auf, wechselte die Straßenseite und lehnte sich an den Wagen. Dennis kam Geld zählend aus dem Gebäude und stoppte in der großen Glastür, als er den Kommissar sah.

„Na, Mörder schon gefunden?" fragte er provokant.

„Warum treffen Sie sich mit Sophie nie bei ihr zuhause?" polterte Victor unvermittelt heraus, ohne die Frage zu beantworten. Entgeistert starrte Dennis den Kriminologen an.

„Stress mit dem Alten", sagte er schließlich.

„Mit Bernhard Große Sterk?"

„Japp."

„Der will nicht, dass Sie mit Sophie zusammen sind."

„Japp."

„Darum haben Sie Hausverbot auf dem Hof."

„Exakt!"

„Wären Sie froh, wenn der Vater von Sophie getötet worden wäre und nicht der Bruder?" Victor taxierte den jungen Mann. Er wollte sich keine Regung entgehen lassen.

„Warum sollte ich?"

„Dann wäre der Stress mit dem Vater vorbei."

Dennis zog sich seine Kappe etwas tiefer ins Gesicht.

„Der Alte ist ein Idiot, aber ihn deswegen umnieten? Nee, echt nicht!" Er schüttelte den Kopf.

„Kennen Sie einen Philipp Jacobi?" wechselte Victor das Thema.

„Ja, das ist so ein Ich-bin-etwas-Besseres-Typ! Ein ziemlicher Angeber."

„Und einen Marcel Heinemann?"

„Nö."

„Herrmann Meiller?"

„Ja klar! Physik und Mathe! Auf den ist auch geschossen worden, oder?"

„Freut Sie das?"

„Is ja nix passiert ..."

„Immerhin ein Mordversuch!" protestierte Victor.

„Ja ja, schon gut", gab Dennis sich geschlagen. Victor fand seinen Gesprächspartner äußerst unsympathisch, aber doch harmlos. Außerdem hatte er für die Tat ein Alibi. Eine Party mit 350 Gästen, die ihn gesehen hatten.

„Am Samstag waren Sie auf dieser Scheunenparty, oder?"

„Japp."

„Gehe ich recht in der Annahme, dass Sie zusammen mit Sophie da gewesen sind?"

„Nein, mit meinen Kumpels."

„Aber Sie haben Sophie da gesehen?"

Dennis sah den Kommissar an. Worauf wollte der hinaus?

„Ja klar!" bestätigte er schließlich mit Nachdruck. „Die habe ich gesehen. Sie war da!"

„Nun gut", räusperte sich Victor. „Das war's dann fürs erste."

Dennis war sichtlich erleichtert, dass die Fragerei beendet war, nickte und stieg in seinen Wagen.

„Und passen Sie mir bitte auf Sophie auf!" mahnte Victor. Dennis zog die Augenbrauen hoch und machte eine wegwerfende Handbewegung. Diese Reaktion ließ Victor allerdings aufmerken. „Wie ist denn Ihre Beziehung zu Sophie?"

„Na ja", druckste Dennis, „im Moment läuft es grade nicht so richtig."

„Das ist doch verständlich. Sie hat schließlich Ihren Onkel verloren."

„Ach, das war vorher auch schon irgendwie nicht mehr …." Er stutzte und sah zum Kommissar hoch: „Jetzt wird es aber etwas intim!" maulte er.

„Is ja nix passiert!" konterte Victor.

„Kann ich dann?" fragte Dennis und ließ den Motor an.

„Japp!"

Dennis zog mit Schwung die Tür zu und fuhr davon. Victor sah dem Golf nach, als ihm einfiel, dass er mit seinen Kollegen verabredet war. Er beeilte sich, weil er die vereinbarte halbe Stunde bereits um einiges überschritten hatte. Am Wagen allerdings wartete niemand. Hinter dem Scheibenwischer klemmte ein Papier. Ein Knöllchen mit dem Hinweis, dass er außerhalb der gekennzeichneten Fläche geparkt habe, und dass er für diese Ordnungswidrigkeit ein Verwarnungsgeld von 10 Euro zu bezahlen hätte. Victor hielt Ausschau nach der Politesse, konnte sie aber nirgends entdecken. Er war sauer. Jenny und Steffen kamen weitere zehn Minuten später.

29. Dienstag, 19:40 Uhr

Victor betrachtete intensiv die Wand. Dort hingen Fotos oder Namen der Beteiligten in diesem Fall. Die Fakten waren auf kleinen Zetteln notiert und klebten neben Bildern vom Unfallort. Nach etlichen Bürostunden, in denen sie die Fakten des Tages zusammengetragen und besprochen hatten, beschlossen sie um kurz nach sieben, den heutigen Arbeitstag zu beenden. Mehrfach hatten IT-Spezialisten am Nachmittag versucht, das Handy von Marcel zu orten. Erfolglos. Morgen wollten sie ihn ausfindig machen und ihm auf den Zahn fühlen, sie wollten mit der Mutter von Bernhard Große Sterk sprechen und den Mord hoffentlich endlich aufklären. Jenny und Steffen verließen gemeinsam das Büro.

Victor freute sich auf sein Zuhause. Er hatte sein Kommen vom Handy aus angekündigt und stand nun gut gelaunt mit dem Spargel, den er auf dem Markt erworben hatte, vor seinem neuen Heim und schloss die Tür auf. „Katharina!" rief er laut und horchte. Er folgte den Geräuschen, die aus der Küche kamen. Seine Frau stand in der Küche und rührte in mehreren Töpfen, die auf dem Herd standen. Fast das gleiche Bild, das sich ihm gestern auch geboten hatte. Sie hatte ihre roten Haare hochgesteckt und wirkte in dem hellen Sommerkleid, das sich über dem gigantischen Bauch spannte, noch genauso hübsch und verführerisch wie vor ein paar Jahren, als er sie kennen gelernt hatte. Victor lehnte sich an den Türrahmen und betrachtete sie. Er liebte diesen Anblick. Und dieses kleine Etwas, das sie dort unter ihrem Kleid verbarg, seinen Kronprinzen, genau so.

„Der Ehemann kommt von der Arbeit und die Ehefrau besorgt den Haushalt. So habe ich es gerne!"
„Macho!" begrüßte sie ihn und küsste ihn flüchtig auf die Wange. Sie verriet, dass sie heute auf dem Markt gewesen sei und Spargel gekauft habe. Victor hielt seine Tüte hoch und beide mussten lachen. Sie nahmen sich in die Arme. Ihr erster gemeinsamer Abend! Victor deckte den Tisch auf der Terrasse, schaltete die Musikanlage ein und öffnete eine Flasche Weißwein. In diesem Moment klingelte es an der Tür. Er öffnete. Vor dem Haus stand eine Gruppe von Menschen, die eine Kiste Bier, ein Brot und ein Säckchen mit weißem Inhalt in Händen hielten. Ein kleiner Mann mit rotem, rundem Gesicht stand in der ersten Reihe und streckte Victor seine Hand entgegen: „Guten Abend, Herr Behring. Wir sind die Nachbarn und … äh … wollten Sie eigentlich nur begrüßen und herzlich Willkommen heißen." Victor lächelte verlegen.

„Salz und Brot für Sie … zum Einzug!" ergänzte der Mann, um keine peinliche Pause entstehen zu lassen, und hielt ihm den Laib Brot hin. Katharina tauchte hinter ihrem Mann auf: „Das ist aber nett von Ihnen. Kommen Sie doch bitte herein!" sagte sie, schob die Haustür ganz auf und machte eine einladende Handbewegung. Eine Menschen-Karawane zog an Victor vorbei und schlängelte sich in sein Haus. Er hatte sich auf traute Zweisamkeit gefreut, auf ein paar schöne Stunden mit Katharina, doch nun standen zwölf wildfremde Personen in seinem Wohnzimmer und wollten den Abend mit ihm und seiner Frau verbringen. Katharina stellte den Herd ab und versorgte die Gäste mit Getränken.

Man plauderte, tauschte Höflichkeiten aus und stellte sich gegenseitig vor. Katharina bot sogar einen Gang durch das Haus an. Sie schienen mit ihren Nachbarn Glück gehabt zu haben, auf den ersten Blick wirkten sie sympathisch. Der dickliche Mann mit dem roten Gesicht war Hank, ein Niederländer, der vor über zwanzig Jahren in Telgte gelandet war, der Liebe wegen, wie er betonte. Er war der direkte Nachbar und erwies sich als ein etwas lauter, aber im Grunde angenehmer Mitmensch. Victor verriet nicht, dass er Polizist war und an dem aktuellen Mordfall arbeitete. Er wollte nicht über dieses Thema reden müssen. Also wich er Fragen zu seinem Beruf aus und murmelte etwas vom Beamtenstatus. Natürlich war auch der Mord Gesprächsstoff im Laufe des Abends. Eine Maria, aus dem Haus gegenüber, wusste von einer Arbeitskollegin zu berichten, die einige Monate mit Martin Große Sterk zusammen gewesen war und für ihn ihren Ehemann verlassen hatte. Dieser gehörnte Gatte hätte das Zeug zu so einer Tat, da war sie sich sicher. Das hatte er selber mehrmals verkündet und war seitdem auch nicht müde geworden, diese Drohung bei einem gewissen Alkoholpegel lauthals zu wiederholen. Victor hakte unauffällig nach. Der Name *Herrmann Kanter* fiel mehrfach. Es war der, den er schon im Büro gehört hatte. Er nahm sich vor, diesem Kanter einen Besuch abzustatten und zu überprüfen, was an diesen Gerüchten dran war.

Bei dem Lebenswandel allerdings und dem Frauenverschleiß, den man Martin Große Sterk nachsagte, würden sie wahrscheinlich Dutzende von verlassenen Ehemännern überprüfen müssen. Doch Victor war gründlich, und wenn ihm eine mögliche Lösung auf einem silbernen Tablett überreicht wurde, musste er zugreifen. Er sah zu Katharina, die ihn in einem unbeobachteten Moment anlächelte und die Achseln hochzog. Sie fügte sich in ihr Schicksal, freute sich sogar über diesen Überfall.

Obwohl die Gäste schon beim Eintreten versicherten, sie ja nicht stören und eigentlich auch gar nicht lange bleiben zu wollen, war es weit nach Mitternacht, als die letzten bierseligen Nachbarn das Haus von Katharina und Victor Behring wieder verließen.

30. Mittwoch, 8:22 Uhr

„Du bist zu spät!" maulte Victor ohne hochzusehen und blätterte in seinen Aufzeichnungen. Steffen zog die Bürotür hinter sich zu und ließ sich auf seinen Schreibtischstuhl fallen. „Ich hatte ... äh, es war ... viel Verkehr!" gab er mit einem Grinsen zurück.

„Na, Hauptsache, du konntest kommen", entgegnete Victor schlagfertig. „Wo ist denn die andere ... Verkehrsteilnehmerin?"

„Die hat mittwochs ihr Seminar. Die kommt heute nicht."

„Nun gut", wurde Victor sachlich, denn es war ihm unverständlich, wie man sich mit einer Auszubildenden einlassen konnte, „wir fahren gleich zu einem verlassenen Ehemann. Seine Ex hat ihn für Martin Große Sterk sitzen lassen."

„Und da fahren wir nur zu einem einzigen Mann?" fragte Steffen rhetorisch.

„Er posaunt überall herum, dass er ihn umlegen würde." Steffen dachte einen Moment nach: „Aber Hunde, die bellen, beißen doch bekanntlich nicht."

„Einige schnappen manchmal eben doch zu." Steffen reichte diese Antwort. „Zuerst kraulen wir den bellenden Hund", sagte Victor und erhob sich von seinem Schreibtisch, „und dann plaudern wir ein wenig mit Marcel Heinemann!"

„Weißt du denn, wo er ist?"

Victor drehte seinen Monitor, so dass sein Kollege die Straßenkarte darauf sehen konnte. „Er hat sein Handy an, und die Jungs von der Technik waren so freundlich und haben es uns auf den Rechner geschickt ... " Er tippte auf einen kleinen, roten Ring, der auf dem Monitor blinkte. „Und weißt du, wo das ist?" Steffen rückte näher an den Bildschirm heran und schüttelte dann den Kopf. „Das ist das halbe Münsterland!" beschwerte er sich. Victor klapperte auf der Tastatur herum: „Wie bekomme ich das denn größer?" fragte er halblaut sich selbst. „Reiben!" antwortete Steffen und konnte sich ein Grinsen nicht verkneifen. Er beugte sich zu Victor herüber und vergrößerte mit dem Druck auf eine Taste den Ausschnitt auf dem Monitor. Jetzt war es deutlich zu sehen: „Es blinkt bei der ehrenwerten Familie Jacobi."

„Bei diesem kleinen Schnösel?"

„Genau! Marcel ist bei Philipp Jacobi. Wahrscheinlich schon die ganze Zeit gewesen."

„Dann würde ich doch sagen, nichts wie hin!"

„Noch nicht. Philipp ist noch in der Schule."

„Das ist doch egal. Wir wollen schließlich gar nicht zu Philipp, sondern zu Marcel."

„Ja, glaubst du denn, dass Marcel uns freundlicherweise die Tür aufmacht, wenn wir bei den Jacobis klingeln? Wir müssen schon warten, bis Philipp wieder da ist."

„Also zuerst zum verlassenen Ehemann!"

„Genau! Herrmann Kanter!" bestätigte Victor, und die beiden verließen das Büro. Draußen war es unerträglich heiß. Es ging kein Wind, und die Luftfeuchtigkeit war um ein vielfaches höher als in den Tagen zuvor. Es war drückend und schwül geworden.

31. Mittwoch, 10:02 Uhr

Ihr erstes Ziel war ein Straßenreinigungstrupp der Stadt Telgte. Ein orangefarbener Transporter stand mit leuchtender Warnblinkanlage am Straßenrand des Orkotten. Mehrere Männer mit Warnwesten kratzen unerwünschtes Grün zwischen den Gehwegplatten weg und befreiten die Seitenstreifen von Unkraut.

Victor parkte hinter dem Transporter. Er schwitzte und bekam schon vom bloßen Anblick der Arbeiter, die in der prallen Sonne ihren Dienst verrichteten, fürchterlichen Durst. Als er ausstieg, sah er auf eine Reihe von Ladenlokalen. Neben Schuh- und Bekleidungsgeschäften gab es hier auch Discounter, und Victor nahm sich vor, nach der Befragung hier etwas zu trinken zu kaufen. „Hermann Kanter?" fragte Steffen in die Runde. Einer der Männer unterbrach seine Arbeit und stützte sich auf den Besen, mit dem er eben die Bordsteinkante gefegt hatte. „Ja?" Der Mann war groß und hager und hatte tiefe Ringe unter den Augen.

„Wir haben ein paar Fragen an Sie!"

„Wer sind Sie denn?"

„Polizei", sagte Steffen, und die beiden Hauptkommissare zeigten synchron ihre Dienstausweise.

„Hab ich mir gedacht, dass früher oder später die Bullen hier auftauchen."

„Warum haben Sie das gedacht?"

„Es ist wegen dem Große Sterk, oder?"

Victor nickte: „Was können Sie uns über Ihre Beziehung zu Herrn Große Sterk sagen?"

Kanter spuckte auf den Boden. „Es ist kein Geheimnis, dass ich ihm die Pest an den Hals gewünscht habe."

„Warum?" fragte Victor, der zwar wusste warum, aber es von Kanter hören wollte.

„Er hat mir meine Frau weggenommen!" Kanter wurde nun lauter. „Und mein Zuhause! … Und meinen Job!"

„Wie hat er das gemacht?"

„Das Schwein hat sich an meine Frau rangemacht. Hat ihr den Kopf verdreht, und hat sie dann so weit gebracht, dass sie mich verlassen hat."

„Gehören nicht immer zwei dazu?" fragte Victor nach.

„Der war doch bekannt dafür, sich an alles ranzumachen, was einen Rock trägt. Und wenn er keine Lust mehr hatte, dann hat er sich eine Neue gesucht. In Telgte gibt es eine Menge verlassener Frauen. Man spricht schon von *Martins Gänsen*." Er machte eine kurze Pause.

„Allein konnte ich unser Haus nicht mehr halten, und es musste verkauft werden", sprach er zögerlich weiter. Man konnte merken, dass ihm dieses Thema unangenehm war.

„Und Ihre Arbeitsstelle?"

Kanter sah auf den Boden. „Ab und zu habe ich dann meinen Frust … eben runtergespült." Er suchte nach den richtigen Worten. „Ich habe zu oft zu tief ins Glas geschaut. Da habe ich wohl ein paar Termine vergessen. Und als man mich dann betrunken am Steuer erwischt hat, musste ich meinen Führerschein abgeben. Da bin ich aus der Firma geflogen. Ich bin … ich war Außendienstmitarbeiter, bei einer großen Holzfirma. Da braucht man einen Führerschein."

„Darum arbeiten Sie hier!"

„Pah!" lachte er verbittert auf, „ein Deppenjob für 400 Euro."

„Und für all das machen Sie Herrn Große Sterk verantwortlich?"

„Ja! Wen denn sonst!" schrie Kanter.

„Wo waren Sie am Samstagabend?" fragte Steffen unvermittelt dazwischen.

„Ich war bis elf oder zwölf im *Telgter Treff*, in meiner Stammkneipe. Dann bin ich nach Hause gegangen."

Victor war diese Gaststätte bei seinen Streifzügen durch den Ort aufgefallen. Eine düstere Kneipe, in der schon vormittags Bier und Schnaps getrunken wurde.

„Haben Sie dort wieder verbreitet, dass Sie sich an Herrn Große Sterk rächen wollen?" fragte Victor.

Röte breitete sich in Kanters verschwitztem Gesicht aus. Er suchte nach einer Erklärung: „Sie wissen doch, wie das ist, wenn man wütend ist … Wenn man was getrunken hat, erzählt man schon mal Blödsinn. Das war doch gar nicht so gemeint. Ich würde doch nie …"

„Nein?"

„Nein! Auch wenn ich nicht besonders traurig bin, dass er …"

„Hat Sie jemand auf Ihrem Heimweg gesehen?" wollte Steffen wissen.

Kanter zuckte die Achseln. „Weiß ich nicht."

„Wo waren Sie am Montagmorgen?"

„Ab sieben habe ich Telgte verschönert und Unkraut gejätet. Weil es so warm ist, fangen wir momentan früher an."

Steffen nahm Blickkontakt zu Victor auf, um zu sehen, wie sein Kollege reagierte, ob sie Kanter eventuell in Haft nehmen sollten. Victor schüttelte kaum merklich den Kopf. „Das reicht erst einmal. Wir werden uns bei Gelegenheit melden. Auf Wiedersehen", verabschiedeten sich die Kriminalisten und überließen Kanter seinem Schicksal.

„Ich muss etwas trinken", sagte Victor und deutete auf die Einkaufsmeile, „willst du auch was?"

„Wasser!" bestellte Steffen, der sich intensiv mit seinem Mobiltelefon beschäftigte, abwesend. Eine Liebesbotschaft per SMS, dachte Victor und beobachtete seinen Freund und Kollegen, der sich wie ein Teenager benahm. „Bestell schöne Grüße!" sang Victor und schlug den Weg zum nächstbesten Konsumtempel ein.

Er kaufte zwei gut gekühlte Flaschen Wasser und ein Päckchen Kaugummi. Als sich die Glastür aufschob und er wieder ins Freie trat, fiel ihm ein Mann auf, der einen Großeinkauf gemacht hatte und nun seine Einkäufe im Kofferraum verstaute. Von irgendwoher kannte Victor den Mann. Er konnte das Gesicht nicht zuordnen, war sich aber sicher, dass er diesen kleinen Mann mit dem Bärtchen schon einmal gesehen hatte. Er trank einen großen Schluck aus der Flasche und sah zu, wie der Unbekannte seinen betagten Lada Nova bis unters Dach belud. Als der die Kofferraumklappe zufallen ließ, erhellte sich Victors Gesicht. Das Nummernschild war zu sehen. Der Wagen war in Polen zugelassen, und Victor wusste nun, mit wem er es zu tun hatte: Es war der Vorarbeiter der Große Sterks. In diesem ungewöhnlichen Umfeld und mit sauberer Kleidung hatte Victor ihn nicht sofort erkannt.

Der Pole schob den Einkaufswagen zurück in die Schlange und entdeckte den Polizisten, von dem er wusste, dass er den Mord untersuchte. Er nickte ihm freundlich zu.

„Na, Großeinkauf für die Arbeiter?" rief Victor über den Parkplatz.

„Nein, nein. Es geht zurück. Ich fahre wieder nach Hause!" antwortete Janusch mit seinem Akzent.

„Aha, na dann gute Reise!" winkte Victor. Irgendetwas kam ihm seltsam vor, er wusste nur nicht, was es war. Er trank noch einen Schluck und ging zurück zu Steffen, der noch immer am Wagen lehnte. Gedankenversunken verschickte er Nachrichten mit seinem Handy. Victor schlich sich an und schnappte sich das Mobiltelefon seines Kollegen.

„He, gib mir mein Handy wieder!" reagierte der.

„Na, was schreibt denn dein Schatzi?" fragte Victor und betrachtete das Display.

„Sag mal Victor, Diskretion ist wohl ein Fremdwort für dich, oder?" fragte Steffen. Victor warf ihm das Telefon zurück.
„Steffen, Diskretion *ist* ein Fremdwort!"

32. Mittwoch, 12:29 Uhr

„Und jetzt? Zur Familie Jacobi?" fragte Steffen, als sie wieder im Wagen saßen. Victor sah auf die Uhr und schüttelte den Kopf.

„Noch nicht. Philipp ist noch in der Schule. Wir wären zu früh."

„Zu früh kommen, das kennst du doch!" lachte Steffen und boxte Victor auf die Schulter.

„Das ist Siebtklässler-Humor!" erwiderte Victor, ohne eine Miene zu verziehen.

„Aber immerhin Humor!"

Victor ließ den Wagen an: „Wann warst du zum letzten Mal im Museum?"

Steffen überlegte „In der Grundschule. Wieso?"

„Weil wir jetzt ins Museum gehen."

„In was für ein Museum denn?"

„Religio."

„Was?"

„Das ist ein Museum für religiöse Kultur."

„So etwas kann es nur in Telgte geben. *Wie* heißt das Ding?"

„Religio."

„Blöder Name."

„Vorher hieß es Heimatmuseum."

„Dann ist Rellego aber besser."

„Religio!"

„Sag ich doch."

Sie fuhren los. Es war nicht weit vom Orkotten bis zu ihrem Ziel in der Herrenstraße. Keine fünf Minuten benötigten sie, und Victor parkte neben einem Pferdekopf, dessen Maul von zwei

Händen aufgehalten wurde. Eine Skulptur aus Bronze auf einem Sandsteinsockel.

Das Museum war nur einige Schritte von hier entfernt.

„Dies ist die Dreifaltigkeit", erklärte Victor und deutete in Richtung Kirche.

„Was ist das? Die Drei-was?"

„Die Dreifaltigkeit. Die Kirche, die Kapelle und das Museum."

„Mann Victor, du bist schon ein richtiger Telgter. Und wir machen jetzt Sightseeing, oder was?"

„Nein, wir gehen ins Museum, weil Frau Kanter hier arbeitet."

„Die Ex-Frau von diesem Straßenfeger?"

„Genau. Wenn Herr Kanter einen Grund hatte, Große Sterk umzubringen, dann hatte seine Frau es auch."

„Wieso sie?"

„Überleg doch mal. Sie hat für Martin Große Sterk ihren Mann verlassen, hat alles aufgegeben. Ehe, Haus, Freunde, und und und."

„Und?"

„Und dann hat Große Sterk sie verlassen."

„Eine weitere Martinsgans."

„Genau."

„Verstehe. Sie war frustriert und wollte Rache."

„Könnte doch sein", mutmaßte Victor und schob die Glastür zum Museum auf. An der Kasse fragten sie nach Frau Kanter und wurden ins Museum geführt. Vorbei an Kreuzen, Skulpturen, Bildern und etlichen Devotionalien gelangten sie ins Innere. Vor einem schwach beleuchteten Tuch, das hinter einer großen Glaswand hing, stand eine Frau. Sie war schlank und hochgewachsen. Mit Sandalen und ihrem leichten Sommerkleid wirkte sie in dieser Umgebung fehlplatziert.

„Frau Kanter?" fragte Victor und ging auf sie zu.

„Ja?"

„Mein Name ist Behring. Das ist mein Kollege Lemmermann", stellte Victor vor und zeigte seinen Dienstausweis.

Erschrocken sah die Frau die beiden Männer an. „Was ist denn los?"

„Können Sie sich denken, warum wir hier sind?" legte Steffen sofort los.

„Es ist wegen Martin, also wegen Herrn Große Sterk, oder?"

„Genau. Wie ist Ihre Beziehung zu Herrn Große Sterk?"

„Wir hatten … also wir waren mal zusammen."

„Wer hat die Beziehung beendet?"

„Er."

„Warum?"

„Er hatte eine andere."

„Waren Sie verletzt?"

Maren Kanter sah sich um, ob eventuell Museumsbesucher anwesend waren, die hätten zuhören können.

„Ja, sehr", gab sie schließlich zu.

„Sie sind also im Streit auseinander?"

„Oh ja! Dabei war ich selber schuld. Ich habe Martin mit Brigitte bekannt gemacht."

„Mit Brigitte Gröhn?"

„Ja, mit der."

„Da waren Sie aber richtig stinksauer, oder?"

Plötzlich schien sie zu verstehen, in welche Richtung diese Befragung ging, und hob abwehrend die Hände.

„Ich habe aber nichts mit dem Mord zu tun!"

„Wo waren Sie am Samstagabend?" hakte nun Victor nach.

„Am Samstag? Am Samstag war ich bei Freunden zum Grillen eingeladen."

„Kann das jemand bestätigen?"

„Ja, wir waren zu acht. Meine Freundinnen versuchen ständig mich zu verkuppeln und hatten zwei Single-Männer eingeladen."

„Können Sie uns die Namen aufschreiben?"

„Ja, natürlich." Bereitwillig notierte sie einige Namen auf einem Stück Papier und übergab es Steffen.

„Und wo waren Sie am Montagmorgen?"

„Ich war ab acht Uhr hier. Wir bereiten eine Sonderausstellung vor."

„Haben Sie dafür auch Zeugen?" fragte Steffen.

Sie nickte und deutete auf die Dame, die an der Kasse saß.

Victor glaubte, dass sie die Wahrheit sagte. Also bedankte und verabschiedete er sich. „Eine Frage noch", hakte Steffen nach und baute sich vor der Frau auf, „waren die Kuppelversuche Ihrer Freunde erfolgreich?"

Maren Kanter winkte ab. „Von Männern habe ich die Nase voll."

„Sie sollten es sich nochmal überlegen. Es wäre schade drum", säuselte Steffen und grinste breit. Victor, der schon fast am Ausgang war, kam zurück, griff sich den Ärmel seines Kollegen und zog ihn unsanft hinter sich her. „Manchmal bist du widerlich!" zischte er ihm zu.

Vor dem Museumsgebäude blieben beide einen Moment stehen und sahen sich um.

„Was ist los? Was denkst du?" fragte Steffen neugierig.

„Tolles Museum mit einem amüsanten Namen. Und was denkst du?"

„Amüsante Frau mit einem tollen Namen!"

„Ich sage es doch: Du bist widerlich!"

33. Mittwoch, 13:34 Uhr

Die Haushälterin erkannte die Polizisten und öffnete die schmiedeeiserne Pforte. Sie führte Steffen und Victor in die Empfangshalle, in der sie schon vor zwei Tagen gestanden hatten. Sie bat die beiden dort zu warten und verschwand. Victor hatte das Gefühl, dass dieser Philipp irgendetwas mit der Sache zu tun hatte, und ärgerte sich, dass er ihm bei der Befragung am Montag nicht stärker auf den Zahn gefühlt hatte. Diesmal wollte er hart bleiben. Bevor sie bei den Jacobis klingelten, hatte Victor sich bei seinen Kollegen von der Technik versichert, dass das Handysignal von Marcel Heinemann noch immer von diesem Haus aus gesendet wurde.

Die Haustür ging auf und Philipp kam herein. Er war sichtlich überrascht. „Sieh an, die Herren von der Staatsmacht", grüßte er und warf seine Schultasche auf den Boden. „Ah, Philipp! Wie schön, genau zu dir wollten wir", entgegnete Steffen.

„Was gibt es denn?" fragte Philipp und schob sich einen Kaugummi zwischen die Zähne.

„Wo ist Marcel?"

„Das habe ich doch schon mal gesagt, ich weiß es nicht."

Frau Jacobi stöckelte die breite Treppe hinunter, grüßte und erkundigte sich bei den Kriminalisten, was denn los sei. Steffen erklärte, dass er erfreut sei, sie wiederzusehen und dass sie nur noch einige Fragen an Philipp hätten.

„Wann hast du ihn zum letzten Mal gesehen?"

„Ich weiß nicht mehr, vor ein paar Tagen."

„Sicher?"

„Ja!"

„Warum hat er damals den Schulverweis bekommen?"

„Ach, das. Das war 'ne dumme Sache. Marcel war das doch gar nicht."

„War er das mit dem Anschlag auf Herrn Meiller?"

Philipp biss auf seinem Kaugummi herum. „Was weiß ich denn!"

„Den Meiller, kannst du ihn gut leiden?"

„Philipp, du musst nicht darauf antworten", sagte Frau Jacobi.

„Das ist ein Mathelehrer. Den kann keiner leiden", gab der Junge zurück.

„Du aber besonders nicht, oder?" fragte Victor mit Nachdruck.

„Ich muss doch sehr bitten. Hören Sie auf! " rief Frau Jacobi.

„Er ist nicht mein Lieblingslehrer", sagte Philipp laut.

„Du kannst ihn überhaupt nicht leiden, oder?" fragte Victor nun schärfer als vorher.

„Wenn Sie nicht aufhören, rufe ich unseren Anwalt an!" platzte die Frau dazwischen.

„Du hasst ihn, nicht wahr?" zischte Victor

„Philipp!" mahnte seine Mutter.

„Ja!" schrie Philipp. „Ich hasse ihn. Ich hasse ihn, ja!"

„Hast du auf ihn geschossen?"

„Philipp!" schrie nun auch Frau Jacobi.

Philipp sah zwischen Victor und seiner Mutter hin und her: „Nein!" schrie er.

„Dann kannst du mir ja auch sagen, was du Montagmorgen gemacht hast!"

„Klar, ich war in der Schule."

„Ich meine vor der Schule!"

Frau Jacobi öffnete die Haustür. „Gehen Sie jetzt, sonst muss ich wirklich unseren Anwalt anrufen."

Victor beugte sich nah zu Philipp und sah ihn durchdringend an: „Und?"

Der kaute hektisch sein Kaugummi: „Ich bin von hier direkt zur Schule gefahren."

„Stimmt das?"

„Ja klar!" schrie Philipp.

Victor wandte sich in Richtung Ausgang: „Frau Jacobi, stimmt das?"

Jetzt stutzte Frau Jacobi: „Am Montag?" sagte sie langsam, sie schien nachzudenken: „Am Montag hatte ich doch Trainerstunde. Da war ich schon um kurz vor sieben aus dem Haus. Da war Philipp aber noch hier."

Philipp verschränkte die Arme und sah überheblich grinsend die beiden Kommissare an.

„Auf Herrn Meiller wurde gegen halb acht geschossen. Du hattest also mehr als eine halbe Stunde Zeit, um zur Mozartstraße zu fahren und deinem Lehrer aufzulauern."

„Das habe ich nicht gemacht!" protestierte Philipp.

„Was hast du denn sonst in dieser Zeit gemacht?"

„Ich war …."

„Ja?"

„Ich habe mich mit Marcel getroffen. Der hat Ärger zuhause. Und darum haben wir uns verabredet."

„Hier?"

„Nein, hier nicht."

„Aber er ist jetzt hier."

„Nein."

„Doch, ist er! Und jetzt sag mal deinem Freund Marcel Bescheid, dass er aus seinem Versteck kommen soll", fuhr Victor freundlich, aber bestimmt fort.

„Ich hab doch schon gesagt, dass ich nicht weiß, wo er jetzt ist."

„Er ist hier. Wir wissen das. Also hol ihn!"

„Ich weiß nicht, wo er ist!"

„Hol ihn!" schrie Victor. „Jetzt!" Philipp wich einen Schritt zurück. Sein Gesichtsausdruck war nun nicht mehr so selbstsicher.

„Herr Kommissar", mischte sich Frau Jacobi wieder ein, „das geht jetzt doch ein bisschen weit! Ich muss Sie bitten zu gehen!"

„Wir konnten ihn orten. Er ist hier!" sagte Steffen und verschärfte seinen Tonfall. „Entweder ist er in zwei Minuten hier, oder wir kommen mit einem Durchsuchungsbefehl wieder. Und die Befragung geht auf dem Revier weiter. Du deckst jemanden, den wir suchen. Das ist strafbar!"

Victor wusste, dass der Staatsanwalt niemals seine Erlaubnis geben würde, ein Haus zu durchsuchen, in dem sich vielleicht ein entlaufener Schüler aufhielt, aber vielleicht auch nur sein Mobiltelefon. Doch das konnte dieser herablassende Schnösel nicht einschätzen, und es würde ihm Angst machen. Er würde seinen Kumpel verraten, um bloß nicht selber Schwierigkeiten zu bekommen.

„Hier bin ich!" tönte es plötzlich von der Galerie im ersten Stock. Ein junger Mann mit einem offensichtlichen Akneproblem, in abgeschnittenen Jeans, Turnschuhen und verwaschenem T-Shirt kam langsam die Treppe herunter. Marcel Heinemann.

34. Mittwoch, 15:41 Uhr

Victor knipste die Schreibtischlampe an. Der Raum war abgedunkelt. Eigentlich eine Maßnahme der Kollegen, damit sich der Raum nicht so aufheizte, da dieses Büro nach Süden lag und die Sonne ab mittags unerbittlich hineinschien. Victor fand diese Inszenierung zwar etwas dick aufgetragen, wie in einem schlechten Kriminalfilm, allerdings auch geeignet, um einen Teenager zu verhören. Es würde ein leichtes Spiel sein, ihm Informationen zu entlocken, wenn er auch auf der Fahrt zum Präsidium nicht ein Wort von sich gegeben hatte.

„Noch einmal: Marcel, du bist noch nicht volljährig. Bist du sicher, dass wir deine Mutter nicht dazu holen sollen?"

Marcel blickte auf den Boden und schüttelte kaum merklich den Kopf.

„Dann erzähl mal!" forderte Victor.

„Was denn?" fragte Marcel zögerlich.

„Na, zum Beispiel wie alles angefangen hat. Du hattest Streit mit deiner Mutter, oder?"

Marcel nickte.

„Weil du sie beklaut hast!" fügte Victor zu. Jetzt sah Marcel Victor entgeistert an: „Nein ... !" stammelte er.

„Einhundert Euro!" sagte Steffen.

Marcel wand sich auf dem Stuhl. „Also, das war so", sagte er zögerlich, „ich war am Samstag zu spät zuhause. Ich sollte um zehn wieder da sein, war aber erst um kurz vor zwölf Uhr da. Und ich hatte was getrunken, nicht viel, zwei Bier nur, aber da ist meine Mutter voll ausgerastet."

Victor setzte sich, um mit dem Befragten auf einer Augenhöhe zu sein.

„Wir haben uns gestritten, darum wollte ich abhauen. Im Flur lagen die zwei Fünfziger, die hab ich dann eingesteckt. Weil ich so sauer war. Dann bin ich raus. Hab mich aufs Fahrrad gesetzt und bin einfach so rumgefahren. Dann fing es an zu regnen. Ich war grade am Hagen, da bin ich in so'ne Gartenhütte, von unserer Nachbarin. Da habe ich auch geschlafen."

Victor nickte zustimmend: „Aber nicht die anderen Nächte, oder?"

„Nein."

„Wo hast du geschlafen? Bei deinem Freund Philipp?"

„Ja. Die Jacobis haben so ein großes Haus. Und die haben immer irgendwie was zu tun. Seine Alten haben nicht einmal mitbekommen, dass ich da war."

„Bist du am Samstag zu dem Große Sterk-Hof gefahren?"

„Nein, warum sollte ich?"

Steffen schaltete sich ein: „Was hast du Montagmorgen gemacht?"

„Montag? Es waren alle früh weg, und die Haushälterin kommt immer erst um neun. Ich konnte in aller Ruhe abhauen. Eigentlich wollte ich ins Schwimmbad, aber das hat montags zu. Ich war den ganzen Tag unterwegs, bin rumgelaufen, hab an der Ems gesessen."

„Hast du auf Herrmann Meiller geschossen?"

„Auf den Meiller?" fragte Marcel nach, seine Gesichtsfarbe wandelte sich zu einem fahlen Weiß, „geschossen? Wie geschossen, womit?"

Er rieb die Handflächen an seinen Oberschenkeln.

„Ja, geschossen", setzte Victor nach. Hilflos blickte Marcel von Victor zu Steffen und wieder zurück.

„Was weißt du darüber?" fragte Victor scharf.

Marcel rutschte auf seinem Stuhl hin und her.

„Schieß mal los", forderte Steffen und hatte sichtlich Vergnügen an dem Wortspiel.

„Nach der Nacht in der Gartenhütte", erzählte Marcel zögerlich, „bin ich früh raus und mit dem Fahrrad erst nur so rumgefahren und hab mich unter die Brücke an der Ems gesetzt. Die an der August-Winkhaus-Strasse, in der Nähe von der Schule. Da habe ich …", er hielt inne und sah Victor verzweifelt an.

„Weiter!"

„Da habe ich eine Pistole gefunden. Sie lag halb im Wasser, war voller Matsch und Schlamm, es hatte ja vorher geregnet."

„Du hast sie genommen und am nächsten Morgen auf Herrmann Meiller geschossen, weil du noch eine Rechnung mit ihm offen hast."

„Nein, ich habe nicht geschossen!"

Victor stand auf, ging um den Schreibtisch herum und setzte sich direkt vor Marcel auf einen Stuhl. „Hör mal zu!" sagte er in freundlichem, aber bestimmtem Ton. „Du findest eine Pistole und keine 24 Stunden später wird auf den Mann geschossen, der dich aus der Schule geschmissen hat. Das kann doch kein Zufall sein!"

Marcel kratzte nervös an seiner Akne: „Ich war es aber nicht, das schwöre ich!"

„Dann war es wohl der große Unbekannte?" fragte Steffen ironisch. Marcel zuckte mit den Schultern.

„Wolltest du den Meiller tatsächlich erschießen, oder ihn nur ein wenig schockieren? Ihm einen Denkzettel verpassen!"

„Aber ich war es doch überhaupt nicht!"

„Und was hast du dann mit der Pistole gemacht? Wieder unter der Brücke versteckt? Oder im Gartenhäuschen?"

„Ich habe die Pistole doch gar nicht mehr!"

„Sondern?"

Marcel raufte sich die Haare. „Das kann ich nicht sagen!" schluchzte er.

„Es ist deine Entscheidung. Entweder sagst du, was du weißt, und hilfst uns oder du wirst verhaftet für etwas, was du angeblich nicht getan hast."

Marcel sah Victor verzweifelt an und gluckste flehend: „Ich kann es nicht sagen!"

Steffen schlug mit der Faust auf den Tisch: „Wo ist die Pistole?" schrie er. Marcel zuckte zurück. „Ich …" sagte er leise, „ich … ich habe sie verkauft."

„An wen?" hakte Steffen nach, ohne seinen Ton zu ändern.

„Am Sonntag habe ich mich mit Philipp getroffen, dem habe ich die Pistole gezeigt. Wir sind in den Wald gefahren und haben auf alte Dosen geschossen, und Äste und so. Phil fand das total spannend. Er war richtig … aufgeregt. Und weil er das so gut fand, hat er mir 200 Euro geboten. Das war natürlich verlockend, weil ich dann meiner Mutter ihr Geld wiedergeben konnte …" Steffen und Victor sahen sich an.

„Fahndung rausgeben?" fragte Steffen. Victor rieb sich über das Gesicht, als würde er sich waschen. Er überlegte. „Nein, wir versuchen es erst so. Wir fahren hin. Versuch aber noch einen Staatsanwalt zu erreichen, ruf Dr. Leicht an. Er soll uns einen Durchsuchungsbeschluss ausstellen."

„Sonst noch etwas?" fragte Steffen, dem der Ton seines Kollegen missfiel.

„Ja, die Kollegen aus Warendorf sollen dazu kommen. Ruf auch noch diesen Schekel an!"

„Sonst noch etwas?" fragte Steffen noch einmal.

„Ja! Schnell!"

Steffen stürzte sich aufs Telefon, und Victor beugte sich über Marcel: „Und du! Du gehst zurück nach Hause! Nicht in irgendwelche Gartenhäuser oder zu Freunden! Zu deiner Mutter, bittest sie um Verzeihung und dann hilfst du ihr. Sie hat es schwer genug. Verstanden?" Marcel sah den Kommissar mit großen, wässerigen Augen an. „Verstanden?" wiederholte Victor laut. Marcel nickte: „Was passiert jetzt mit mir? Und mit Philipp?" fragte er vorsichtig.

„Man wird sehen", sagte Victor und richtete sich auf.

35. Mittwoch, 18:07 Uhr

Nachdem sie Marcel Heinemann am Sperberweg abgesetzt und ihm mahnende Worte mit auf den Weg gegeben hatten, fuhren sie zum Klatenberg, bogen in die schmale Stichstraße ein, die zu der Siedlung führte und rollten in Richtung Wald. Staub wirbelte hinter dem Wagen hoch. Sie parkten vor dem Haus der Jacobis, und obwohl die Villa zwischen hohen Nadelbäumen lag, die reichlich Schatten boten, stand auch hier die Luft. Es war unerträglich heiß und schwül. Victor stellte den Motor ab und lehnte sich zurück. Gedankenverloren starrte er durch die Windschutzscheibe. Steffen, der schon ausgestiegen war, ging um den Wagen herum, klopfte an die Fahrertür und beugte sich ins Wageninnere: „Was ist? Kommst du nicht mit? Wir wollten uns Philipp vorknöpfen." Victor reagierte nicht, bis er plötzlich auf die Mitte des Lenkrads schlug. Ihm war eingefallen, was ihn an der Abreise des polnischen Vorarbeiters gestört hatte. Er griff zum Handy und rief im Präsidium an. Der Kollege Renneke war sofort Ohr. Er bat ihn, Janusch Michalka zur Fahndung auszuschreiben. Er beschrieb den Lada und erklärte, dass der vermutlich unterwegs nach Polen sei.

„Jetzt bin ich aber gespannt!" sagte Steffen.

„Große Sterk hat uns mehrfach zu verstehen gegeben, dass er jede Hand braucht, dass er auf niemanden verzichten kann", sagte Victor und schälte sich aus dem Auto.

„Ja und? Es ist Spargelzeit, die ist zeitlich begrenzt. Dann muss es halt gut laufen."

„Aber wieso fährt der Vorarbeiter mitten in der arbeitsreichsten Zeit nach Hause? Der Mann, der angeblich so wichtig ist, die rechte Hand von Große Sterk?"

Steffen rieb sich das Kinn „Denkst du, dieser Janusch ist es gewesen?"

„Vielleicht, wenn ich auch noch keine Idee habe, was das Motiv sein könnte. Was hätte er für einen Grund?"

„Geld, Liebe, Rache, Macht!" zählte Steffen monoton auf.

„Macht können wir ausschließen!" stellte Victor fest. „Liebe auch", ergänzte Steffen mit einem Lachen.

„Rache?"

„Könnte sein, aber unwahrscheinlich. Er erschießt doch nicht seinen Chef. Der will doch im nächsten Jahr wiederkommen."

„Also Geld?"

„Entweder der Tote hatte Geld, das Janusch sich genommen hat, oder irgendjemand hat ihn dafür bezahlt, dass er Martin Große Sterk ermordet."

„Ein Auftragsmord?"

„Warum nicht!"

„Aber wer und warum?"

„Genau das gilt es herauszubekommen."

Steffen sah die flimmernde Straße entlang und versuchte seine Gedanken zu ordnen, als er bemerkte, dass sich zwei Polizeiwagen näherten. Kommissar Peter Schekel und mehrere uniformierte Beamte stiegen aus. Sie begrüßten sich und tauschten kurz die wichtigsten Informationen aus. Dann klingelten sie an der Villa. Frau Jacobi öffnete selbst die Haustür. Offensichtlich war die Haushälterin bereits gegangen. „Was wollen Sie denn schon wieder?" fragte sie eher verärgert als überrascht. „Wo ist Ihr Sohn, Frau Jacobi?" stellte Victor die Gegenfrage.

„Warum?"

„Ihr Sohn steht im Verdacht, eine Pistole in seinem Besitz zu haben."

„Philipp?" kiekste sie.

„Und wahrscheinlich hat er damit auf einen Menschen geschossen."

„Das kann nicht sein!" Ihre Stimme überschlug sich. Victor hielt ihr ein A4-Papier vor die Nase: „Wir werden jetzt Ihr Haus durchsuchen. Wenn Sie uns sagen, wo Ihr Sohn ist …"

„… oder vielleicht sogar die Pistole …", schob Steffen ein, „… dann geht es schneller," vollendete Peter Schekel.

„Das … das … das dürfen Sie gar nicht!" wandte Frau Jacobi ein. Victor wedelte noch einmal mit dem Papier und hielt es ihr hin. Schekel gab seinen Männern ein Zeichen. Die sechs Polizisten, die am Eingangstor gewartet hatten, drängten sich an Frau Jacobi vorbei und verschwanden im Haus. „Dann rufe ich jetzt unseren Anwalt an!" sagte sie hysterisch und machte auf dem Absatz kehrt.

„Wo ist Ihr Sohn?" hakte Victor nach.

„Ich weiß es nicht. Ich bin auch erst grade wieder da."

„Wo ist sein Zimmer?" fragte Steffen.

„Sie haben doch diesen Durchsuchungsdings. Dann suchen Sie mal schön", sagte die Jacobi und wählte eine Nummer auf dem Telefon.

„Frau Jacobi! Wo?" fragte Steffen mit Nachdruck.

„Oben. Und dann links", sagte sie schnippisch und widmete sich wieder dem Telefon. Victor und Steffen liefen die breite Marmortreppe hoch und gelangten in die obere Etage. Sie gingen einen langen Gang entlang und betraten den ersten Raum – ein geräumiges Badezimmer. Hier war Philipp nicht. Hinter der zweiten Tür verbargen sich Sportgeräte, Laufband, Hometrainer, Hantelbanken und einiges mehr.

Steffen deutete auf eine Tür am Ende des Ganges, auf der ein großes „Out-Of-Bounds"-Schild warnte. Victor nickte, und geräuschlos bewegten sie sich auf die Tür zu. Sie sahen sich an, entsicherten die Holster und legten die Hände auf ihre Pistolen. Auf ein Kopfnicken hin öffneten sie ruckartig die Tür und stürmten in das Zimmer.

Der Raum erstreckte sich über die gesamte Breite des Hauses. Er war riesig, aber sonst das typische Zimmer eines pubertierenden Jugendlichen, gespickt mit der feinsten, technischen Ausstattung und dem Modernsten, was der Spielemarkt hergab. Ein großer Flachbildschirm klebte an der Wand gegenüber der weit geöffneten Balkontür. Ein ungemachtes Bett. Kleidungsstücke lagen verteilt auf dem Boden. Colaflaschen, leere Eistee- und Chipstüten lagen dazwischen. Auf einem modernen Ledersofa lagen ein Kopfkissen und eine Decke. „Marcels kleines Nachtlager", schmunzelte Steffen und machte sich daran, die Schränke zu durchsuchen. Victor ließ sich auf dem Schreibtischstuhl nieder. Hier haben die Eltern schon lange nicht mehr nach dem Rechten gesehen, dachte er. Er ließ seinen Blick durch den Raum schweifen, betrachtete die Poster an der Wand und die CDs, die auf dem Schreibtisch lagen. Sänger und Gruppen, von denen er nicht einen Namen kannte. Er fand es erschreckend, wie sehr sich Philipp offensichtlich von seinen Eltern entfernt hatte. Er musste an Katharina und seinen noch ungeborenen Sohn denken. Wie würde der wohl sein, wenn er in Philipps Alter wäre? Und würde er, Victor, ein guter Vater sein?

Draußen waren ein dumpfer Aufprall und hastige Schritte zu hören. Steffen schnellte zur Balkontür. „Da ist er!" rief er.

„Was?" fragte Victor, der aus seinen Gedanken gerissen wurde. „Da ist Philipp!" rief Steffen, lief auf den Balkon und kletterte über die Brüstung, um auf das Dach der Garage zu gelangen. Auch Victor stürmte auf den Balkon. Er sah, wie Philipp quer durch den Garten rannte, den Zaun erreichte und durch ein Tor in den Wald verschwand. „Schekel!" schrie Victor. Steffen sprang von der Garage, was wieder ein dumpfes Geräusch verursachte, und rannte Philipp hinterher.

„Schekel!" schrie Victor wieder. Der Warendorfer Kommissar erschien auf der Terrasse unter ihm und fragte, was los sei. „Philipp haut ab!" schrie Victor und zeigte auf den Flüchtenden.

„Was?" Schekel verstand nicht.

„Unsere Zielperson flüchtet!" wiederholte Victor. Laut fluchend lief Peter Schekel dem flüchtenden Philipp und seinem Verfolger Steffen hinterher. Der kleine, dickliche Mann hoppelte über den Rasen, und Victor musste lachen. Als alle drei im Wald verschwunden waren, ging er ins Zimmer zurück und machte sich daran, die Pistole zu suchen. Doch weder in diesem Zimmer noch im Sportraum oder dem Badezimmer war eine Waffe versteckt. Als er jeden Winkel gründlich durchsucht hatte, ging er nach unten und sprach mit den Polizisten, die das Erdgeschoss durchstöberten. Doch auch hier war keine Waffe zu finden.

Steffen kam durch die Terrassentür, schleppte sich keuchend ins Wohnzimmer. Er stützte sich auf die Knie und rang nach Luft.

„Ich muss dringen wieder mehr Sport machen", presste er japsend hervor. „Der kennt den Wald wie seine Westentasche, da hatte ich keine Chance." Peter Schekel stolperte mit verschwitztem, hochrotem Gesicht ins Haus und presste seine Hände in die Seiten.

„Nun gut", setzte Victor an, „wir fahren noch einmal zum Spargelhof. Herr Schekel, Sie machen das bitte hier zu Ende. Wenn Sie etwas finden, rufen Sie mich sofort an. Ansonsten telefonieren wir morgen früh." Schekel nickte.

Frau Jacobi stand noch immer in der Eingangshalle und telefonierte. Sie unterbrach ihr Gespräch und wandte sich an Victor: „Unsere Anwalt ist gleich da!"

„Gut", antwortete der, „viele Grüße."

„Warten Sie denn nicht, bis er da ist?" fragte sie irritiert. Victor lächelte, zog eine seiner Visitenkarten aus der Tasche und gab sie Frau Jacobi. „Wenn Ihr Sohn wieder auftauchen sollte, wäre es ratsam, er würde sich stellen." Mit offenem Mund ließ sie den Hörer sinken.

„Aber unser Anwalt …!" sagte sie halblaut. „Der wird Ihnen das gleiche raten!" sagte Steffen freundlich und öffnete die Haustür. „Auf Wiedersehen!"

Im Wagen schnaufte Steffen laut: „Wenn wir den Fall gelöst haben, fange ich wieder an zu joggen!" Victor lachte: „Beinahe hätte dich der dicke Schekel überholt!"

„Philipps Flucht ist ein Schuldgeständnis, oder?" wurde Steffen nun ernst.

„Der hat vielleicht auf seinen Lehrer geschossen, aber er hat nicht den Spargelkönig auf dem Gewissen."

„Und was machen wir jetzt?" wollte Steffen wissen. Victor fuhr sich über den Bauch. Katharina wollte heute den Spargel, den sie gestern nicht gegessen hatten, zu einer Spargelquiche verarbeiten. Er hatte Hunger. „Für heute machen wir Feierabend, und morgen schnappen wir uns den Mörder von Große Sterk!"

36. Donnerstag, 5:29 Uhr

Marek hatte seinen Wecker auf fünf Uhr gestellt, ausgiebig geduscht, sich rasiert und ein frisches Hemd angezogen. Er machte sich bereit für seine neue Aufgabe, und die anderen sollten sofort sehen, wer jetzt Vorarbeiter war. Heute war ein Festtag für ihn. Janusch Michalka war weg. Marek hatte ihn erwischt. Eiskalt erwischt! Janusch hatte regelmäßig Spargel gestohlen. Nicht nur ein bisschen. Er hatte komplette Kisten mit Spargel an die Restaurants im Ort verkauft – auf eigene Rechnung. Es war für ihn ein Kinderspiel, schließlich belieferte er offiziell, auf Anordnung von Große Sterk, die Gaststätten in Telgte und Umgebung. Er machte täglich Liefertouren, und niemand kontrollierte, ob er mit 40 oder 50 Kisten losfuhr. So konnte er fünf bis zehn Kisten täglich unter der Hand verkaufen. Da musste schon ein nettes Sümmchen zusammen gekommen sein.

Und als Marek hinter seine kriminellen Machenschaften gekommen war, hatte er sich Janusch vorgenommen. Er wollte nicht das Geld, dass Janusch ergaunert hatte. Darauf kam es ihm nicht an, auch wenn er das Geld gut hätte brauchen können. Er wollte, dass Janusch verschwand und er seinen Posten übernehmen konnte. Also sorgte er dafür, dass Janusch auf Nimmerwiedersehen verschwand. Er berichtete Große Sterk von den Diebstählen und bot sich gleichzeitig als neuer Vorarbeiter an.

Marek war durch und durch zufrieden. Er sah auf die Uhr. Halb sechs. Wenn sie pünktlich um sechs auf dem Feld sein wollten, dann sollten die anderen spätestens jetzt aufstehen. Er wollte seine neue Aufgabe gut machen, gut dastehen vor Herrn Große Sterk. Also musste er den anderen Beine machen. Die würden schon sehen, dass ein neuer Wind wehte. „Aufstehen!" schrie er.

37. Donnerstag, 8:02 Uhr

Der Dachboden war unerträglich heiß und stickig. Hier hielt es niemand lange aus. Darum gehörte dieser Auftrag zu den unbeliebtesten. Hier hoch zu steigen und nach der Steuerung der Solaranlage zu sehen war nicht besonders schwierig. Es passierte zwei oder drei Mal im Jahr, dass die Anlage versagte. Dann musste das Steuergerät ausgeschaltet werden, bis alle Kontrollleuchten erloschen waren, und anschließend wieder angestellt. Idiotensicher, aber es musste gemacht werden. Was nutzt eine Solaranlage, wenn die Sonne scheint, die Anlage aber keinen Strom produziert. Also musste wieder jemand hoch. Wie schon so oft und wie auch damals, als der Dachboden aufgeräumt werden sollte. Als Vorbereitung für die Installation der Solaranlage. Dabei ist ihr die Pistole in die Hände gefallen. Versteckt hinter ein paar losen Holzbrettern, in Ölpapier und ein Tuch eingewickelt. Zuerst hat sie sich nichts dabei gedacht, hat geglaubt, dass dieses alte Ding sowieso nicht mehr funktioniert. Erst später hat sie die Pistole ausprobiert. Im Wald. Patronen waren ja schon drin. Nur den Sicherungshebel umlegen und den Abzug drücken. Das wurde ja in jedem Krimi gezeigt. Es kostete Kraft in den Fingern. Doch schließlich knallte es. Sie war erstaunt. Erstaunt darüber, wie laut so ein Schuss tatsächlich ist und darüber, dass die Pistole immer noch funktionierte. Und obwohl ihr die Pistole Unbehagen bereitete, war sie gleichzeitig ein willkommener Beschützer, hatte sie gedacht. Etwas, das sie als Sicherheit bei sich haben könnte. Nur als diese Geschichte mit Martin passierte, war sie machtlos. Völlig unvorbereitet. Was hätte sie auch tun sollen? Nach Hause laufen, die Pistole holen und das Schwein erschießen? Ja vielleicht, dann wäre es im Affekt gewesen. Aber jetzt sah es so aus, als hätte sie ihm aufgelauert. Dabei war es ein Zufall, dass sie ihn am Samstagabend getroffen hat. Und dann ist alles von selbst gegangen. Sie hat geschossen. Nur ein einziges Mal geschossen. Die Scheibe ist kaputt gegangen.

Was mit ihm war, wusste sie nicht. Sie ist dann weg. So schnell, wie sie nur konnte. Einfach nur weg.

38. Donnerstag, 8:07 Uhr

Das Büro im Polizeipräsidium war schon zu dieser frühen Morgenstunde überhitzt. Steffen und Jenny Petersen standen am offenen Fenster und nestelten kichernd aneinander herum. Victor sah nicht hin. Er kaute auf einem Bleistift und betrachtete konzentriert die Wand, an der die Fotos von sämtlichen Beteiligten an diesem Fall hingen. Sein Blick wanderte von einem zum anderen. Er ging noch einmal die Zettel mit den Informationen durch. Dann blätterte er den Stapel Papier durch, auf dem die KTU sämtliche SMS- und Mailnachrichten ausgedruckt hatte. Er hatte bisher noch keine Gelegenheit gefunden, sich den Mails zu widmen, doch jetzt war es an der Zeit.

Werbung, Terminerinnerungen, lustige Fotos und Neuigkeiten von Freunden und Liebesbriefe von verschiedenen Frauen. Die Absender wiederholen sich. B. Gröhn, Maren K., Mechtild S., eine Ingrid und eine Steffi, immer wieder eine Steffi. Plötzlich stutzte er. Er suchte alle Zettel heraus, die von Steffi stammten und las sie sich durch. Victor sah zu dem Paar, das hinter seinem Rücken turtelte, und wieder auf die Papiere. Steffi ... die Kurzform von Stefanie. Konnte es sein, dass sich Stefanie Große Sterk dahinter verbarg? Dass sie eine Beziehung zu ihrem Schwager gehabt hatte? Eine Liebesbeziehung? Er hatte zum ersten Mal in diesem Fall das Gefühl, dass er auf der richtigen Fährte war, als das Klingeln des Telefons seine Gedanken unterbrach.

Johann von der KTU rief an. Er berichtete, dass sie sämtliche Wagen der Große Sterks untersucht und bei einem Fahrzeug tatsächlich etwas gefunden hatten. An der Innenverkleidung und am oberen Rand der Seitenscheibe waren eindeutig Schmauchspuren festzustellen. Es war vom Fahrersitz aus geschossen worden. Das war der letzte Hinweis, den Victor benötigte, um sicher zu sein. Es war an der Zeit, zum Spargelhof zu fahren. Einmal, um Stefanie Große Sterk zu befragen, und zum anderen, um in Erfahrung zu bringen, warum der Vorarbeiter Janusch Michalka schon zurück nach Polen gefahren war. „Frau Petersen, Steffen, wir fahren!" rief Victor und sprang von seinem Stuhl auf.

„Wohin?" fragten die anderen beiden gleichzeitig und mussten deswegen kichern.

„Zum Große Sterk-Hof. Es gibt da noch einige Unklarheiten. Ich erzähle es euch auf der Fahrt."

Wind war aufgekommen, und obwohl er nur die Schwüle vor sich her schob, empfand Victor ihn als kleine Erleichterung.

Während sie aus Münster heraus fuhren, weihte Victor die beiden in seine Überlegungen ein, als sein Handy klingelte. Peter Schekel war am anderen Ende und gab wie besprochen seinen Bericht ab. Er und seine Kollegen aus Warendorf hatten das komplette Haus der Jacobis auf den Kopf gestellt und keine Waffe gefunden, geschweige denn einen Philipp Jacobi. Victor bedankte sich und versprach, Schekel auf dem Laufenden zu halten. Als Victor das Gespräch beendet hatte, nahm Steffen ihm das Handy aus der Hand und mahnte:

„Das kostet 40 Euro und einen Punkt in Flensburg."

„Ich weiß", gab Victor klein bei und nahm das Telefon wieder an sich.

Sie fuhren über die Umgehungstraße bis zu der Kreuzung, an der es links zum Waldschwimmbad und den Jacobis ging, geradeaus nach Warendorf und rechts nach Telgte. Sie bogen diesmal nach rechts auf die Westbeverner Straße ab.

Auf der Planwiese standen mehrere Leute um einen Heißluftballon herum und bereiteten einen Start vor. Victor sah auch Kinder, die auf der Wiese umherliefen und spielten. Er musste an Katharina denken. Daran, wie es ihr momentan ging und wann ihr Sohn wohl vorhatte, endlich das Licht der Welt zu erblicken.

Warum ließ sich dieser Kerl so lange Zeit? fragte sich Victor.

Sie fuhren stadteinwärts in Richtung Emstor. Auf der Höhe des Rathauses sah er ein Hinweisschild: „Heute Markt". Er wunderte sich, dass es sowohl dienstags auf dem Marktplatz als auch donnerstags hinter dem Rathaus einen Umschlagplatz für Obst, Gemüse, Fleisch und Käse gab. Gemächlich fuhren sie weiter, als ihm plötzlich eine Idee kam – eigentlich mehr ein Bauchgefühl, aber einige Jahre Berufserfahrung machten sich auch im Bauch bemerkbar. Er stellte den Wagen kurz vor dem Bahnübergang auf dem Bürgersteig ab, forderte die anderen zwei auf, mitzukommen. Auch von dieser Seite konnte man zu den Schrebergärten gelangen. Also bogen sie zu Fuß in Richtung Hagen ein und hielten zielstrebig auf die Hütte zu, in der Marcel Heinemann übernachtet hatte. Victor hastete voraus. Ohne sich vorher bemerkbar zu machen, riss er die Holztür auf. Es war niemand in der Hütte. Das hatte er auch nicht erwartet. Doch vielleicht hatte Philipp diesen Unterschlupf ebenfalls genutzt. Und vielleicht war hier die Waffe versteckt. Hektisch riss Victor die Decken von der Liege. Steffen hatte verstanden und fing ebenfalls an, nach der Pistole zu suchen. Sie sahen in den Schränken nach, auch darunter, klopften die Wände und den Boden nach eventuellen Hohlräumen ab. Sahen in Kisten, Eimern und Regentonnen nach. Plötzlich fiel ihr Blick gleichzeitig auf den Kachelofen in der Ecke des kleinen Raumes. Victor sah in die Brennkammer, während Steffen an dem Ofenrohr wackelte. Es war nur aufgesteckt, und als er es abzog, polterte ein rostiges Stück Metall auf den Boden. Eine Pistole. „Bitteschön! Wenn ich nicht alles selber machen würde!" gab Steffen an und stellte das Rohr neben den Ofen. Victor pfiff begeistert, nahm ein Tuch und hob die Pistole damit auf. Er betrachtete die Waffe mit dem abgewetzten Griff. An der Seite war ein eingravierter Adler zu sehen. „Schau an", sagte Steffen „ein Überbleibsel aus dem letzten Krieg!" und tippte auf den Kranz mit dem Hakenkreuz darin, auf dem der

Adler zu stehen schien. Dann drehte er die Pistole und entdeckte Initialen auf der anderen Seite. Es hatte schon jemand daran herumpoliert, so dass sie mühelos zu erkennen waren: Ein E und ein B. Victor freute sich über den kleinen Erfolg. Er wickelte die Schusswaffe in das Tuch, denn er wollte es vermeiden, offen mit einer Schusswaffe durch Telgte zu spazieren.

„Und jetzt zu den Große Sterks?" fragte er sehr motiviert. Steffen nickte. Auf dem Weg zum Wagen informierte Victor die Kollegen in Münster und in Warendorf. Er schlug vor, dass sich jemand im oder am Schuppen postieren solle, da Philipp Jacobi dort früher oder später wieder auftauchen würde, wenn nicht zum Schlafen, dann aber wenigstens, um die Pistole zu holen. Außerdem forderte er die Spurensicherung an. Eine kleine Abordnung der Fachmänner würde reichen. Als sie am Wagen ankamen, prangte ein Knöllchen hinter dem Scheibenwischer. Ärgerlich riss er das Papier ab und warf es zusammen mit dem Schießeisen in das Handschuhfach, als wieder das Handy klingelte. Der Kollege Renneke war am anderen Ende und teilte freudig mit, dass Janusch Michalka von der Autobahnpolizei Berlin in Gewahrsam genommen worden sei und die Kollegen dort wissen wollten, was sie mit ihm machen sollten. Victor ließ sich mit dem leitenden Beamten verbinden und erklärte die Situation. Dann gab er die Fragen durch, die dem polnischen Vorarbeiter gestellt werden sollten. Er wollte wissen, was dieser Janusch Michalka für Beweggründe hatte, so plötzlich Telgte zu verlassen. Sie verabredeten ein erneutes Telefongespräch etwa eine halbe Stunde später.

Allmählich nahm der Fall Form an. Das war es, was Victor an seinem Beruf liebte: wenn das Stochern im Dunkeln aufhörte, wenn er einzelne Puzzleteile zusammen setzen konnte und diese ein Bild ergaben. Das Bild von einem Motiv oder sogar vom Täter. „Alle einsteigen!" befahl er erwartungsvoll.

„Was denkst du, wer den Mord begangen hat?" wollte Steffen unterwegs wissen.

„Mein Gefühl sagt, dass nur die Schwägerin oder der Bruder in Frage kommen. Den Vorarbeiter schließe ich ebenso aus wie den großen Unbekannten."

„Der Bruder? Warum?"

„Aus Geldgründen vielleicht. Der eine wollte einen großen Spargelhof und der andere wollte alles verkaufen. Unterschiedlicher als die zwei können Brüder doch nicht sein. Da steckt einiges an Konfliktpotential drin."

„Und warum die Schwägerin?"

„Liebe vielleicht!"

„Liebe?" fragte Steffen ungläubig. Wortlos überreichte Victor seinem Partner die Ausdrucke, die er vom Schreibtisch mitgenommen hatte. Steffen blätterte die Papiere durch.

„Und was hat bitteschön dieser polnische Arbeiter damit zu tun?"

„Vielleicht nichts, aber vielleicht ist er es gewesen", sagte Victor langsam.

„Du meinst: Sie hat dem Vorarbeiter den Auftrag erteilt, seinen Chef umzubringen", folgerte Steffen, „oder er war Zeuge, wie sie es selbst gemacht hat."

„Genau!"

„In beiden Fällen muss der Vorarbeiter weg. Am besten schnell weg."

„Genau!"

„Aber warum ist dieser Vorarbeiter erst jetzt gefahren? Warum nicht direkt nach der Tat?"

Victor zuckte mit den Schultern.

Es entstand eine Pause, in der jeder seinen Gedanken nachhing.

„Und welches Motiv könnte Stefanie Große Sterk haben? Außer Liebe?" fragte nun Jenny Petersen.

Victor wiegte seinen Kopf hin und her: „Da gibt es viele Möglichkeiten! Vielleicht wollte sie Martin Große Sterk loswerden, weil er zudringlich wurde."

„Könnte sein."

„Oder eben nicht mehr zudringlich werden wollte. Er sie also abserviert hat."

„Könnte auch sein."

„Oder weil er ihrer Tochter zu nah gekommen ist!" warf nun Jenny Petersen ein. Victor sah die Praktikantin im Rückspiegel an: „Sehr gut!" nickte er anerkennend. „Auch möglich ..."

Sie fuhren über die Allee auf den Spargelhof zu. Victor parkte den Wagen im Schatten der Scheune und drehte sich zu seinen Kollegen um. „Wie unschwer zu erkennen ist, gibt es noch einige offene Fragen. Und die meisten Antworten werden wir nur hier finden."

39. Donnerstag, 10:20 Uhr

Der Himmel hatte sich verdunkelt und kündigte ein Gewitter an. Steffen blickte prüfend nach oben: „Da kommt gleich ordentlich was runter", murmelte er. Victor wuchtete sich aus dem Wagen. Es hatte schon Zeiten gegeben, in denen er eleganter ausgestiegen war. Die Schwüle machte ihn kurzatmig.

Vor dem Hofladen entdeckte er Sophie Große Sterk, die Tochter des Spargelkönigs. Bei ihr hatte er das Gefühl, dass irgendetwas nicht stimmte. Er konnte nicht erklären, was es war, doch irgendwie fand er ihr Verhalten etwas absonderlich. Sie hatte vor einigen Wochen ihr Abitur bestanden, lebte in geordneten und wohlhabenden Verhältnissen, hatte ein eigenes Pferd und ein Auto. Trotzdem wirkte sie nicht unbeschwert und fröhlich. Er hätte zu gerne gewusst, was sie belastete. Da hatte er eine Idee. Es war nur ein Versuch, doch viel kaputtmachen konnte er nicht. Er wollte, dass Jenny Petersen mit Sophie sprach. Sie war auch eine junge Frau und würde vielleicht mehr aus Sophie herausbekommen als er.

„Sagen Sie mal, Frau Petersen, Sie haben doch in Ihrer Ausbildung die klassischen Verhörmethoden gelernt, oder?"

„Ja, schon", antwortete sie unsicher.

„Gut, dann möchte ich, dass Sie Sophie verhören."

Jenny Petersen schluckte. „Das war aber nur theoretisch. Ich habe das noch nie gemacht."

„Dann ist das jetzt der Sprung ins kalte Wasser. Herr Lemmermann und ich halten uns im Hintergrund."

„Aber ... !" versuchte Jenny einen Einwand.

„Keine Angst", beruhigte Victor, „Sie sollen sich nur unterhalten. Ich möchte wissen, was Sophie bewegt und warum sie so bedrückt ist. O.K.?"

„O.K.!" stimmte sie zu, auch wenn sie nicht genau wusste, was sie zu tun hatte.

„Haben Sie Ihr Handy dabei?"

„Ja klar", sagte sie und hob das Telefon hoch. Victor nahm ihr das Gerät aus der Hand, tippte eine Nummer ein und gab es ihr zurück. Sein eigenes Handy klingelte, und er nahm an. „So, jetzt können wir hören, was Sie mit Sophie besprechen. Also los!"

Victor und Steffen setzten sich ins Auto, um ungestört zuhören zu können, während Jenny auf Sophie zuging, die noch immer vor dem Laden stand.

„Sophie!" sagte Jenny, als sie in Hörweite war.

„Ja?"

„Hey, ich bin Jenny", sie streckte ihr die Hand entgegen.

„Hallo."

„Na, wie geht's?" versuchte es Jenny vorsichtig.

„Es geht so."

„Du bist traurig, weil dein Onkel tot ist?"

„Ja."

„Hattet ihr eine gute Beziehung?"

Sophie sah auf den staubigen Boden. „Er war mein Onkel."

„Ihr habt zusammen auf einem Hof gewohnt. Habt euch täglich gesehen, habt zusammen gearbeitet. Da ist man doch mehr als Onkel und Nichte."

„Ist man nicht!" zischte Sophie energisch zurück.

„Er hat dir sogar ein Auto zum Abitur geschenkt."

„Na und? Ich habe sowieso mit meiner Mutter getauscht."

„Warum das denn?"

„Ich kann besser einen Kombi brauchen. Wenn ich zum Stall fahre", antwortete Sophie wie aus der Pistole geschossen.

„Und was ist ...?"

„Ist das hier ein Verhör?" fragte Sophie spitz.

„Nein, nein! Ich dachte nur, dass wir uns etwas unterhalten und uns so etwas besser kennenlernen."

„Ich muss jetzt wieder arbeiten." Sophie drehte sich auf dem Absatz um und ging zurück in den Hofladen.

„Vielleicht können wir uns irgendwann nochmal in Ruhe unterhalten!" rief Jenny ihr hinterher. Sophie nickte und verschwand durch die Tür.

Jenny war frustriert. Sie hatte nichts herausbekommen. Es war komplett anders gelaufen, als sie im Unterricht gelernt hatte. Kraftlos bummelte sie zum Auto zurück. Sie hatte es verbockt.

„Es tut mir leid!" entschuldigte sie sich, nachdem sie die Wagentür geöffnet hatte. Victor grinste, tippte auf sein Handy und ließ das Gerät zurück in die Brusttasche gleiten.

„Wieso? Ist doch gut gelaufen", bestätigte Steffen und zwinkerte ihr zu.

„Aber ich habe nichts herausbekommen", jammerte Jenny.

„Es ist nicht nur wichtig, was sie sagt, sondern wie sie reagiert. Man muss zwischen den Zeilen lesen", erklärte Victor und quälte sich wieder aus dem Wagen. Er war zufrieden mit dem Verhör. Es hätte länger dauern können, doch für einen ersten Versuch war es durchaus in Ordnung. Er hatte das Gefühl, dass sie sich in die richtige Richtung bewegten. Vielleicht waren sie kurz vorm Ziel.

40. Donnerstag, 10:44 Uhr

Aus einer der hinteren Scheunen kam Bernhard Große Sterk mit Papieren und Briefen unter dem Arm. Als er die Polizisten sah, änderte er seine Richtung und hielt direkt auf sie zu.

„Gibt es Neuigkeiten?" rief er und baute sich breitbeinig vor den Besuchern auf.

„Gut, dass wir Sie direkt antreffen", versuchte Victor freundlich zu bleiben. „Wir haben da noch ein paar Fragen zu klären."

„Na dann!" murmelte Große Sterk und verschränkte die Arme.

„Wie ist Ihre Beziehung zu Ihrer Frau?" fragte Victor.

„Gut! Warum?"

„Wie lange sind Sie verheiratet?"

„Im Oktober sind es 19 Jahre."

„Ist es nicht manchmal so, dass alles eingefahren ist und der Trott Einzug hält – nach fast 20 Jahren?"

„Ja klar, trotzdem haben wir eine gesunde Partnerschaft. Aber was soll das Ganze? Machen Sie jetzt nebenbei Eheberatung, oder was?" wurde Große Sterk nun lauter.

„Was sagen Ihnen die Initialen E und B?" fragte nun Steffen.

„EB?" wiederholte der Spargelbauer und überlegte. Sein Gesicht erhellte sich: „Ja klar. E B bedeutet Ernst Bornholdt. Das ist mein Großvater gewesen. Also der Vater meiner Mutter. Wieso fragen Sie danach?"

„Also ist dies hier eigentlich der Bornholdt-Hof?"

„Ursprünglich ja. Ernst Bornholdt hatte das große Glück, nur Töchter zu bekommen. Fünf Töchter und nicht einen einzigen Sohn. Das war damals ein schweres Schicksal – fast eine Schande. Also hat die erstgeborene Tochter mit ihrem Mann den Hof vererbt bekommen. Die Erstgeborene war Annelore Bornholdt – meine Mutter. Sie hat Karl-Heinz Große Sterk geheiratet und mit ihm diesen Hof übernommen. Reicht das jetzt an Familiengeschichte?"

Victor winkte ab und ging um den Wagen herum. Ihm gefiel, was er gehört hatte, denn das bewies, dass die Pistole von hier kam und auch, dass der Täter in diesem Umfeld zu finden sein musste. Er öffnete das Handschuhfach, fischte das Stoffpaket heraus und legte den Inhalt frei. Er hielt die Pistole seinem Gegenüber unter die Nase. „Haben Sie die schon einmal gesehen?" Große Sterk schüttelte den Kopf. „Nein."

„Sehen sie sich genau an. Lassen Sie sich Zeit."

„Nein! Das wüsste ich doch, wenn …." Er stockte.

„Ist das die Pistole, mit der …"

„… Ihr Bruder erschossen wurde", ergänzte Victor den Satz.

„Nein, die habe ich noch nie gesehen." antwortete Große Sterk nun leiser. „Die Waffe hat die Initialen E und B." Große Sterks Stirn legte sich in Falten. „Wo kommt die her? Und wie kommt der Mörder daran?" fragte er sich selbst halblaut.

„Genau das hätten wir auch gerne gewusst", stimmte Victor zu.

„Morgen, Bernhard!" rief eine Kundin, die Spargel gekauft hatte und nun vorbeiflanierte. Gequält freundlich grüßte Große Sterk zurück. Dann sah er sich um. „Das müssen wir ja nicht hier mitten auf dem Hof besprechen", sagte er bestimmt und lotse die Beamten in die nächst gelegene Scheune, wo sie ungestört reden konnten. Sie standen zwischen landwirtschaftlichen Geräten, Spargelwerkzeug, Kartons und einem Trecker. Jenny Petersen hatte ihren Block aufgeschlagen und versuchte alles zu notieren. Steffen rutschte ein „Hübsch hier!" heraus.

„Wir können auch ins Haus gehen", bot Große Sterk an und deutete mit der Hand in Richtung Wohnhaus. Victor winkte ab. Es donnerte in der Ferne. „Warum haben Sie ihren Vorarbeiter entlassen?"

„Die Saison ist fast zu Ende, er wollte etwas früher gehen." Victor schüttelte den Kopf. „Ihre angebliche rechte Hand! Der Mann, der seit Jahren immer der Erste hier ist! Noch bevor die eigentliche Saison anfängt! Und er ist auch der Letzte, wenn alle anderen Arbeiter schon längst wieder in Polen sind, oder Rumänien oder sonstwo! Der fährt einfach so weg?" Große Sterk sah zur Decke und rieb sich den Nacken. „Er ist auf eigenen Wunsch gegangen. Reicht das als Erklärung?"

„Herr Große Sterk, es ist so", argumentierte Victor langsam und freundlich, „dieser Vorarbeiter gehört zum Kreis der Verdächtigen. Da hätten wir schon gerne gewusst, warum er kurz nach einem Mord plötzlich verschwindet."

„Er hat mit meinem Bruder nichts zu tun. Wir waren an dem besagten Abend zusammen in der Scheune und haben die Schälmaschine repariert. Er musste deshalb gehen, weil … weil er Spargel geklaut hat. Mehrere Kisten – jede Woche. Er hatte Abmachungen mit einigen Restaurants hier in der Umgebung. Zwei Kisten hat er geliefert. Eine auf Rechnung, und die andere hat er für bares Geld unter der Hand verkauft. Das weiß ich von einem der anderen Arbeiter. Da habe ich den Michalka rausgeschmissen. Ich habe aber schon einen neuen Vorarbeiter. Ein guter Mann."

Ein Polizeiwagen kam auf den Hof gefahren und zwei Männer in Zivil stiegen aus. Victor bedankte sich bei Bernhard Große Sterk und ging zu ihnen hinaus. In gedämpftem Ton besprachen sie, dass die Waffe untersucht werden sollte. Die Männer nickten, holten einen Alukoffer aus ihrem Wagen und nahmen die Schusswaffe genau unter die Lupe. Sie bestätigten, dass diese Pistole und die gefundenen Profile gut zusammen passten und sie sehr gut die Mordwaffe sein könnte. Genau würden sie es erst nach einer eingehenden Untersuchung sagen können. Als Victor zurück in die Scheune gehen wollte, klingelte sein Handy. Auf dem Display blinkte Katharinas Name. „Alles in Ordnung?

Geht es dir gut?" meldete er sich nervös, da er erwartete, dass die Wehen eingesetzt hatten. Tatsächlich meldete sich Katharina, die noch nicht entbinden, sondern wissen wollte, welche Farbe sie nun für das Kinderzimmer verwenden sollte, und ob sie ihn heute Abend zur Abwechslung einmal sehen würde. Victor war erleichtert und bewunderte seine Frau für den Elan, den sie so kurz vor der Entbindung noch bewies. „Farbe ist egal. Wähl du aus." Er hatte noch immer ein schlechtes Gewissen, wünschte ihr einen tollen Tag und versprach, dass er heute pünktlich zuhause sein würde. Als er das Telefon in seine Brusttasche gleiten ließ, sah er Stefanie Große Sterk, die vor dem Hofladen stand und eine Kundin verabschiedete. Victor ging zu ihr hinüber. „Guten Morgen, Frau Große Sterk. Kann ich Sie einmal sprechen?" fragte er freundlich, aber bestimmt. Sie zuckte zusammen, denn sie hatte ihn nicht kommen sehen. „Ja, natürlich", nickte sie und folgte dem Kommissar zu seinem Wagen.

„Dürfen wir kurz mal sehen?" fragte Victor Behring die zwei Männer, die sich über den Kofferraum beugten. Einer der beiden hob die Pistole hoch.

„Haben Sie die hier schon mal gesehen?" fragte Victor und beobachtete sein Gegenüber genau. Wortlos schüttelte Stefanie Große Sterk den Kopf. „Es sind hier Buchstaben eingeprägt. Ein E und ein B. Sehen Sie?" fragte Victor und zeigte auf die Initialen. „Sagt Ihnen das etwas?"

„Nein!" Sie zuckte mit den Schultern.

„E B - könnte das Ernst Bornholdt bedeuten?"

„Ach ja, sicher. Das könnte sein."

„Das würde aber bedeuten, dass die Pistole von diesem Hof kommt."

„Könnte sein."

„Das bedeutet, dass auch der Mörder vom Hof kommt. Oder sogar aus Ihrer Familie."

Schweigend sah sie ihn an. Victor holte die Ausdrucke der SMS- und Mail-Korrespondenz zwischen ihr und Martin aus dem Wagen und hielt sie ihr hin. Zögerlich nahm sie die Zettel und blätterte sie durch.

Victors Handy meldete sich wieder. Er ärgerte sich, dass dieses blöde Ding immer im unpassendsten Moment klingelte. Peter Schekel rief an, um die freudige Mitteilung zu machen, dass einer seiner Mitarbeiter Philipp dingfest gemacht hatte. Victor war zufrieden, legte die Befragung allerdings in Schekels Hände und beendete das Gespräch schnell, um sich wieder Stefanie Große Sterk zu widmen.

„Was sagen Sie dazu?" fragte er.

„Wir haben uns ausgetauscht", antwortete sie. „Er war schließlich mein Schwager."

„Es sieht eher nach einer intimen Beziehung aus", wandte Victor ein. Sie wurde rot. „Hatten Sie eine Liebesbeziehung zu Ihrem Schwager?" fragte Victor in fast väterlichem Ton. Sie schüttelte den Kopf.

„Sie können es mir sagen. Es bleibt unter uns", versicherte Victor und fixierte sie. Sie sah in die Scheune, in der ihr Ehemann stand und von einer Frau und einem Mann befragt wurde. Sie waren außerhalb der Hörweite. Dann sah sie wieder den Kommissar an.

„Kann ich mich auf Ihre Diskretion verlassen?" Victor nickte.

„Wir waren ... wir hatten mal was zusammen." sagte Stefanie Große Sterk leise. „Martin war so ganz anders als Bernhard. Er war aufmerksam und offen für viele Dinge und ... und eben so ganz anders." Sie gab ihm die Papiere zurück.

„Wann war das?"

„Vor etwa einem Jahr. Wir machen zum Saisonabschluss immer ein kleines Fest. Für die engsten Helfer und für uns. Auch im letzten Jahr. Da ist es dann passiert. Wir mochten uns immer schon, aber da sind wir uns näher gekommen. Einfach so."

„Und Ihr Mann?"

„Der hatte so viel Bier und Schnaps getrunken, der hat nichts gemerkt."

„Die anderen auch nicht?"

„Nein."

Victors Ton blieb freundlich und ohne Anklage: „Wie lange ging das mit Ihnen?"

„Nicht lange. Irgendwann war es dann vorbei", antwortete sie sehr leise.

„Hat er Schluss gemacht?"

„Es war dann einfach vorbei", sagte sie beschämt. Victor hatte das Gefühl, dass er hier den Hebel ansetzen konnte. Er musste sie provozieren, dann würde sie schon mit der Wahrheit herausrücken.

„Das glaube ich nicht!" erklärte er. „Ich glaube, dass er es beendet hat. Er hat es beendet, weil es ihm zu brenzlig wurde, den eigenen Bruder zu hintergehen."

Stefanie Große Sterk ließ den Kopf sinken: „Nein, so war das nicht."

„Weil Sie nicht so wollten, wie er es gerne gehabt hätte." Sie schüttelte den Kopf.

„Weil Sie nur eine Affäre waren, ein kurzes Abenteuer." Kopfschütteln. Was konnte es sein, dachte Victor Behring und versuchte sich zu erinnern, welche Charaktereigenschaften Martin Große Sterk zugeschrieben wurden.

„Ja natürlich!" stellte er fest. „Ihr Geliebter hatte eine andere." Stefanie Große Sterk sah ihn erschrocken an.

„Martin hatte eine neue Geliebte – vielleicht jünger – vielleicht ungefährlicher. Und Sie hat er fallen lassen wie eine heiße Kartoffel." Sie hielt sich die Hände vors Gesicht und schluchzte.

Es donnerte laut, und Victor sah nach oben. Der Himmel hatte sich weiter verdunkelt. Seit Tagen warteten alle auf Regen, und ausgerechnet jetzt, wo er es am wenigsten gebrauchen konnte, würde es ein Gewitter geben. Doch er fuhr unbeirrt fort.

„Sie waren enttäuscht, und Sie waren wütend. Sie hatten so einen Hass auf ihn, dass Sie ihm am liebsten den Hals umgedreht hätten."

Stefanie Große Sterk weinte nun hemmungslos. Sie schüttelte unentwegt den Kopf.

Es donnerte wieder, und Blitze zuckten in einiger Entfernung. Der Wind wurde frischer.

Victor geriet immer mehr in Fahrt. „Sie haben alles hinunterschlucken müssen, denn Sie konnten mit niemandem darüber sprechen – es war ja alles geheim. Haben mit ansehen müssen, wie Martin Große Sterk eine andere Frau becirct, sie in den Armen hält – aufmerksam ist – einfühlsam ist. Und all die Dinge mit der Neuen macht, die er vorher mit Ihnen gemacht hat."

„Herr Behring?" hörte Victor jemanden hinter sich rufen.

„Jetzt nicht!" Er wollte sich jetzt ganz auf die Frau vor ihm konzentrieren und nicht unterbrochen werden.

„Herr Behring, es ist wichtig!"

„Was denn?" rief er ungeduldig. Einer der beiden Männer der Spurensicherung kam zu ihm: „Wir haben da etwas …." Er beugte sich nah zu Victor herüber und flüsterte ihm etwas ins Ohr. Victor verstand und nickte. Das war eine Tatsache, die ihm gefiel. Damit konnte er etwas anfangen. Mit einem „Danke!" entließ er den Mann.

41. Donnerstag, 11:01 Uhr

Obwohl es noch Vormittag war, war es dunkel geworden. Der Regen setzte mit einem erneuten Donnern ein. Einzelne dicke Regentropfen platschten auf die staubigen Hofpflastersteine. Die zwei Polizisten der Spurensicherung flüchteten in ihr Auto. Stefanie Große Sterk stand vor Victor und rührte sich nicht. Der Regen wurde stärker. Keiner von beiden machte Anstalten, sich unterzustellen oder vor dem Wasser zu schützen. Ihre Tränen mischten sich mit Regen.

Jetzt hatte er sie an dem Punkt, wo sie mürbe war – jetzt musste er dran bleiben. Und wenn er nicht weiter kommen sollte, so hatte er immer noch ein As im Ärmel. „Er wollte von heute auf morgen nichts mehr von Ihnen wissen. Hat Sie und Ihre Gefühle mit Füßen getreten. Hat Sie ausgelacht, weil Sie geglaubt haben, es sei etwas Großes, etwas für immer." Kraftlos sah sie den Kommissar an.

„Nein, nein, nein." flüsterte sie, doch Victor stieg zur Höchstform auf: „Und dann, als Ihr Hass und Ihre Verbitterung am größten war, haben Sie diese alte Pistole genommen und auf ihn geschossen. So war es! Nicht wahr?" Victors Stimme war immer lauter geworden, denn er musste gegen den Regen anreden. Es goss nun wie aus Eimern. Wasser lief ihnen aus den Haaren. Das nasse Hemd klebte an Victors Oberkörper. Deutlich zeichnete sich die Pistole ab, die er im Halfter darunter trug.

Dass Stefanie Große Sterk und der Kommissar im Regen stehen blieben und Victor sie anschrie, zog die Aufmerksamkeit auf sie. Der Ehemann und die zwei Kriminalisten standen im Scheuneneingang und sahen den beiden zu.

Victor deutete nach oben und schrie: „Es hat am letzten Samstag geregnet, genauso wie jetzt, nicht wahr? Dann kam Martin mit dem Auto angefahren. Und Sie hatten Ihre Gelegenheit. Außerdem einen guten Grund. Einen verdammt guten Grund!"

Bernhard Große Sterk sah sich die Auseinandersetzung nicht lange an. „Was soll das?" rief er und ging auch in den Regen hinaus. „Lassen Sie meine Frau in Ruhe!" Im Vorbeigehen griff er sich eines der langen Eisen, mit denen die Arbeiter den Spargel auf den Feldern stechen.

„Geben Sie es zu!" brüllte Victor und fasste Stefanie Große Sterk bei den Schultern, „Sie haben ihren Schwager erschossen! Geben Sie es zu!"

Bernhard Große Sterk rannte, er raste auf Victor Behring zu und hob das Stecheisen. „Lassen Sie meine Frau los!"

„Oh Mist!" rief nun Steffen, der die Gefahr erkannte und reagieren musste. Er zog seine Dienstwaffe, entsicherte sie und nahm sie in beide Hände. All das geschah in Sekunden. Er hatte es tausend Mal üben müssen, so dass es jetzt wie automatisch passierte. „Fallen lassen!" rief er laut und bestimmt. Für einen Moment verharrte jeder in seiner Position. Steffen wiederholte seine Forderung: „Lassen Sie die …" – er wusste nicht, was der Mann dort in der Hand hatte – „… Waffe fallen!"

Und auch Victor wiederholte seinen Vorwurf: „Sie haben Martin erschossen!"

„Nein!" schrie Stefanie Große Sterk nun, so laut sie konnte.

Jetzt ließ Victor die Bombe platzen. Jetzt rückte er damit heraus, was er eben vom Mann der Spurensicherung erfahren hatte. „Es sind Schmauchspuren von der alten Pistole gefunden worden. An Ihrem Auto!"

Stefanie Große Sterk taumelte einige Schritte zurück. Sie waren beide bis auf die letzte Faser durchnässt. Doch der Regen spielte in diesem Moment keine Rolle.

„Aus Ihrem Wagen ist geschossen worden. Sie hatten einen guten Grund, Ihren Schwager umzubringen, und Sie haben kein Alibi! Geben Sie zu, dass sie ihn getötet haben!" schrie Victor. Stefanie Große Sterk richtete sich langsam auf.

„Lassen Sie meine Frau in Ruhe!" brüllte Bernhard Große Sterk und hob das Eisen.

„Waffe runter!" schrie Steffen und schoss einmal in die Luft. Bernhard Große Sterk blieb endlich stehen und streckte die Arme von sich. Steffen hielt den gehörnten Ehemann in Schach. Jenny Petersen hatte sich ängstlich in den hintersten Winkel der Scheune verkrochen.

Stefanie Große Sterk war plötzlich ganz ruhig, hob ihren Kopf und stellte sich kerzengerade hin. „Ja! Ich habe es getan!" sagte sie ruhig, „Ich habe ihn erschossen! Und es tut mir kein bisschen leid."

„Steffi!" rief Bernhard Große Sterk ebenso mahnend wie erschrocken.

Mit ausgestrecktem Arm bedeutete Victor dem Ehemann Einhalt. Jetzt hatte er sie dort, wo er sie haben wollte. Da durfte ihm nichts und niemand dazwischen kommen. „Wo hatten Sie die Waffe her?" fragte Victor.

„Die habe ich irgendwann mal gefunden. Die lag im Keller versteckt."

„Und dann, am Samstag, haben Sie Martin aufgelauert", hakte Victor nach.

„Ja, ich habe auf ihn gewartet. Und als er dann ankam, habe ich auf ihn geschossen."

„Hör auf!" rief Bernhard Große Sterk und wedelte mit dem Stecheisen.

Nun sah sie ihn mit glasigem Blick an: „Bernd, du warst kein schlechter Mann, aber nicht der richtige."

Bernhard Große Sterk ließ das Stecheisen fallen. „Steffi", flüsterte er schockiert.

Es blitzte und donnerte erneut.

„Frau Große Sterk, Sie sind verhaftet. Sie stehen im dringenden Verdacht, den Mord an Martin Große Sterk begangen zu haben." Der angeforderte Streifenwagen war erstaunlich schnell da und transportierte Frau Stefanie Große Sterk ab.

42. Donnerstag, 15:12 Uhr

Die Hauptkommissare saßen sich an ihren Schreibtischen gegenüber und sprachen kein Wort. Sie tippten ihre Berichte in die Computer. Victor sah zwischendurch immer wieder aus dem Fenster, an dem die letzten vereinzelten Regentropfen herunterliefen. Sein Handy lag auseinandergebaut neben ihm auf dem Schreibtisch. Zu viel Regen setzt selbst die robusteste Elektronik irgendwann außer Gefecht. Leider hatte er das aber erst vor etwa einer Stunde bemerkt, als Steffen und er ins Präsidium zurück gefahren waren und sich trockene Sachen angezogen hatten. Seitdem versuchte er unaufhörlich Katharina anzurufen. Aber weder zuhause noch über ihr Handy war sie zu erreichen. Aus lauter Verzweiflung hatte er die Nummer von Hank, dem neuen Nachbarn, ausfindig gemacht und ihn angerufen, damit er nach Katharina sehen solle. Doch auch Hank konnte nur vermelden, dass weder sie noch ihr Wagen aufzufinden seien. Victor rief bei sämtlichen Krankenhäusern an und erkundigte sich, ob eine Frau zur Entbindung eingeliefert worden sei. Doch auch hier blieb er erfolglos. Wahrscheinlich war sie nur einkaufen oder in den Baumarkt gefahren. Er sah aus dem Fenster und dachte wieder an die Geschehnisse des Vormittags. Eine Frau, die aus Frust ihren Geliebten umbringt. Eigentlich ein klassisches Motiv. Steffen riss ihn aus seinen Gedanken: „Victor, ich komme hier mit meinem Bericht nicht weiter. Wie war das noch mal? Frau Große Sterk hatte eine Affäre mit unserem Toten, stimmt?"

„Stimmt."

„Eine weitere Martinsgans."

„Genau."

„Und als er sie abserviert hat, hat sie ein paar Tage später die Pistole genommen, die sie gefunden hatte, und ihn erschossen."
„Ja."
„Dann hat sie in Panik die Waffe in diesen Fluss geworfen."
„In die Ems. Ja."
„Dort hat sie Marcel Heinemann gefunden."
„Genau."
„Der hat sie an Philipp Jacobi verkauft, der dann auf den Lehrer geschossen hat."
„Exakt."
„Und was hat das mit diesem Vorarbeiter, diesem Janusch Michalka, zu tun?"
„Gar nichts", antwortete Victor; dabei fiel ihm ein, dass der Vorarbeiter noch immer von der Autobahnpolizei in Berlin festgehalten wurde. Er telefonierte mit den Kollegen in der Hauptstadt, erklärte, dass der Verdacht gegen Herrn Michalka nicht weiter bestünde und er seiner Wege gehen könne. Anschließend ließ Victor sich mit der Schule der Stadt Telgte verbinden, der ehemaligen Schule von Marcel Heinemann. Er erreichte den Direktor, berichtete von den letzten Ermittlungsergebnissen und erklärte ihm, dass Marcel Heinemann unschuldig sei. Er bat den Direktor, sich den Rauswurf von Marcel noch einmal zu überlegen. Er legte auf und hoffte, dass der Direktor einlenken würde. Über Philipp Jacobi hingegen hatten sie nicht gesprochen. Der würde die Schule nicht mehr wiedersehen. Gegen ihn ermittelte die Staatsanwaltschaft. Wegen versuchten Mordes. Welche Strafe er tatsächlich bekommen würde, wusste Victor nicht.

Irgendetwas behagte ihm nicht. Ihm war nicht klar, wie die Pistole vom Tatort in die Ems gelangen konnte. Das war ein Punkt, den er beim nächsten Verhör der Tatverdächtigen unbedingt erfragen musste. Er schrieb weiter an seinem Bericht und ordnete die Fakten, die er auf Zetteln gesammelt hatte. Diese Arbeit war der lästige Teil seines Berufs. Papierkram war einfach nicht sein Ding. Er wollte Verbrechen aufklären und nicht unzählige Stunden damit zubringen, seine Arbeit zu dokumentieren und Berichte zu schreiben. Berichte, die vielleicht irgendein Vorgesetzter kurz liest und die dann für alle Ewigkeit in Regalen verstauben.

Eine Meldung der KTU kam per Mail. Die Untersuchungen der Spurensicherung waren abgeschlossen. Sie bestätigten, dass die gefundene Pistole auch tatsächlich die Tatwaffe war.

Victor verarbeitete diese Information in seinem Schlussbericht. Aber wieder gab es eine Ungereimtheit. Wieso war denn die Verhaftete mit ihrem Wagen unterwegs gewesen, hatte aber vorher angegeben, sie sei an diesem Abend mit dem Mini-Cooper ihrer Tochter gefahren? Auch das war ein Punkt, der noch untersucht werden musste. Victor stand auf, ging um seinen Schreibtisch herum zum Fenster und sah hinaus. Wieso gab es nach Beendigung eines Falls noch so viele offene Fragen? Müsste nicht alles aufgeklärt sein? Sollten nicht alle Puzzleteile ein großes, klares Bild zeigen? Wieso sah er das nicht? Was war falsch? Wo war der Haken? Sein Bauchgefühl sagte ihm, dass etwas nicht in Ordnung war.

Steffen erschrak, als Victor plötzlich auf den Tisch schlug:

„Wir müssen nochmal nach Telgte!" sagte er halblaut. „Wir müssen nochmal auf den Spargelhof." Steffen sah ihn verwundert an.

„Warum? Ist doch alles klar! Des Königs Bruder ist tot und die Königin war's! Warum willst du also schon wieder hin?"

„Vielleicht will die Königin aber nur die Prinzessin schützen!" triumphierte Victor. „Komm mit, ich erklär's dir auf dem Weg."

43. Donnerstag, 18:02 Uhr

Die Sonne hatte sich durch die Wolken gearbeitet und gab sich schon wieder alle Mühe, die Stadt zu erwärmen. Das Gewitter war vorbei. Es hatte lediglich einige Pfützen hinterlassen. Auf dem Spargelhof herrschte reges Treiben. Der Feierabendansturm war gekommen, um für den Abend Spargel, Kartoffeln oder Erdbeeren zu kaufen. Wieder war Bernhard Große Sterk der erste, der die Polizisten bemerkte, und steuerte drohend auf sie zu: „Was wollen Sie denn schon wieder? Sie haben genug Unheil angerichtet. Verschwinden Sie!" Victor wusste, dass es jetzt auf Fingerspitzengefühl ankam: „Beruhigen Sie sich, Herr Große Sterk ..."

„Ich will mich nicht beruhigen, ich ...!" brüllte er.

„Es kann sein, dass Ihre Frau es nicht war!" rief Victor dazwischen.

„Was?"

„Es kann sein, dass Ihre Frau die Tat nicht begangen hat", wiederholte Victor. „Um das zu klären sind wir hier."

Die Wut schien aus Bernhard Große Sterks Gesicht zu weichen.

„Wo ist Ihre Tochter?" fragte Steffen

„Hilft im Laden", antwortete Große Sterk und versuchte zu verstehen.

„Kümmere du dich um ihn, lenk ihn ab", flüsterte Victor seinem Kollegen zu, der sofort reagierte: „Ich hätte da eine Bitte! Könnten Sie mir nochmal ... das Haus Ihres Bruders zeigen?"

„Wozu?"

„Wir suchen da einen speziellen Hinweis ...!"

„Na gut", stimmte Große Sterk zu, „wenn es der Sache dient!"

Während Steffen mit dem Spargelkönig verschwand, betrat Victor den Hofladen. Sophie Große Sterk wog Erdbeeren ab, als sie bemerkte, dass sie beobachtet wurde. Sie sah den Kommissar an, der sie zu sich winkte. Sie legte ihre Schürze ab und folgte Victor auf den Hof.

„Sophie!" eröffnete Victor das Gespräch. „Ich darf doch du sagen, oder?" hakte er nach. Sophie nickte.

„Gut, ich heiße Victor", sagte er freundlich und streckte ihr die Hand entgegen. Er wollte ihr Vertrauen gewinnen. „Wie geht es dir?" Sie sah ihn an, als hätte er etwas Widerliches von ihr verlangt.

„Geht so!" sagte sie leise und drückte ihre Hände in die Hosentaschen.

„Wegen deiner Mutter, nicht wahr?"

Sie nickte wieder.

„Weil du weißt, dass sie es nicht war."

„Sie war es auch nicht!"

„Woher willst du das wissen?"

„Meine Mutter würde nie so etwas tun!"

„Und du? Würdest du so etwas tun? "

Sie funkelte ihn böse an. Victor blieb am Ball: „Wie war deine Beziehung zu deinem Onkel?"

„Gut", presste sie heraus und verschränkte die Arme.

„Wirklich? War er tatsächlich ein netter Onkel?"

Sie sah auf den Boden und antwortete nicht.

„Denk an deine Mutter!" versuchte es Victor, doch Sophie Große Sterk stand wie versteinert vor ihm und antwortete nicht mehr. Hier würde er auf Granit beißen, dachte Victor, als er plötzlich Jenny Petersen hinter sich hörte:

„Du konntest ihn nicht leiden, oder?" fragte sie ruhig. Sophie blickte kurz auf. Victor war aufgebracht. Was bildete sich diese Hilfspolizistin ein, in sein Verhör zu platzen. Wenn diese Sophie jetzt blockte, dann war das Frau Petersens Schuld.

„Du hast ihn verachtet. Ja, du hast ihn regelrecht gehasst!" fuhr Jenny fort. Sophie antwortete nicht. Es entstand eine Pause. Ihr liefen Tränen die Wangen herunter.

„Er war ein Egoist, oder? Ein selbstverliebter Gockel. Er war ein …"

„Er war ein Schwein!" bestätigte sie schließlich leise, ohne hochzusehen. Victor war verblüfft. Vielleicht war es doch nicht so schlecht, dass Frau Petersen sich eingeschaltet hatte. Er zwang sich zur Ruhe. Er sollte sich jetzt im Hintergrund halten.

„Warum ein Schwein?" fragte Jenny vorsichtig. Sophie machte eine lange Pause, dann begann sie zögerlich zu erzählen.

„Es war vor ein paar Wochen. Kurz nachdem ich meine letzte Abi-Klausur geschrieben habe. Das habe ich mit ein paar Leuten aus meiner Stufe gefeiert, und als ich nachts von der Party nach Hause gekommen bin, habe ich zufällig Onkel Martin getroffen. Wir waren beide noch nicht müde und wollten noch einen Absacker zusammen trinken. Ein letztes Glas. Bei ihm. Kaum waren wir alleine, ist er über mich hergefallen." Sie konnte nicht weitersprechen.

„Er hat dich … vergewaltigt?" Auch Jenny fiel es schwer, es auszusprechen.

„Ja!" stöhnte Sophie.

„Und dafür wolltest du dich rächen!"

Sie nickte.

„Wo hast du die Pistole her?"

„Hab ich auf dem Dachboden gefunden."

„Wann?"

„Schon im Frühjahr", antwortete Sophie monoton. Sie stierte ins Leere. „Als wir diese Stromplatten aufs Dach bekommen haben, hab ich sie hinter ein paar alten Brettern gefunden und versteckt."

„Wo?"

„Meistens im Auto. Ich habe mich damit sicherer gefühlt."

„Und dann, am Samstag, hast du Martin aufgelauert", schaltete sich Victor wieder ein.

„Das war ein Zufall. Ein irrsinniger Zufall. An dem Samstag war ich mit ein paar Freunden auf dem Marktplatz. Als es anfing zu regnen, sind wir zu dieser Scheunenparty gefahren. Das war aber nichts für mich. Zu laut, zu voll, zu viel Besoffene. Ich bin bald wieder gefahren. Und dann, auf dem Nachhauseweg, stand Martin plötzlich vor mir. Am Bahnübergang. In unserem Auto. Er musste warten, dass der Zug vorbei gefahren war. Da ist alles wieder hochgekommen. Es war so wie damals, als es passierte – da habe ich die Pistole genommen und auf ihn geschossen." Sie machte eine Pause.

„Woher wusstest du, dass er im Wagen saß? Es hätte doch auch dein Vater sein können!"

„Nein! Ich wusste, dass er mit dem Wagen unterwegs war."

„Was hast du dann gemacht?" wollte Victor wissen.

„Ich bin weitergefahren. Nur schnell weg von da. Bin irgendwie durch Telgte gefahren. Und als mir klar wurde, dass ich die Pistole loswerden musste, habe ich die Fingerabdrücke abgeputzt. Auf der Umgehungsstraße habe ich angehalten und sie in die Ems geworfen. Ich dachte, dass sie dort so schnell keiner findet. Und wenn doch, dann ist das eben ein altes Ding aus dem zweiten Weltkrieg. Da war ja schließlich so ein Hakenkreuz drauf." Sie sprach wie abwesend.

„Und dann?"

„Ich bin hinten herum gefahren. Durch die Bauernschaft – über Feldwege zurück nach Hause. Papa und Janusch waren noch in der Scheune und haben noch irgendwas repariert. Ich hab mich leise ins Haus geschlichen", sagte sie und senkte den Kopf.

Für einen Moment stand Victor vor dem zerbrechlich wirkenden Mädchen. Er war trotz seiner langjährigen Berufserfahrung immer wieder geschockt, welche Abgründe sich hinter mancher Fassade verbargen. Plötzlich drehte Sophie sich um und ging in Richtung Allee. Sie ging schneller und verfiel in Trab. In der Ferne hupte die Regionalbahn.

„Frau Große Sterk, warten Sie! Sophie!" sagte Victor und ging ihr nach. Unbeirrt ging sie weiter.
„Wegrennen hat doch keinen Sinn!"
Sophie Große Sterk lief plötzlich los. „Halt!" rief Victor und lief ihr hinterher. Jenny Petersen stand wie angewurzelt mitten auf dem Hof. Sie wusste nicht, was sie tun sollte. Warten oder hinterherlaufen?
„Das bringt doch nichts!" rief Victor. Sophie rannte immer schneller, die Allee entlang. Sie lief durch Pfützen, die sich auf der Straße gesammelt hatten. Victor nahm die Verfolgung auf, aber er hatte Mühe Schritt zu halten. An Einholen war gar nicht zu denken. Die Regionalbahn pfiff ihre regelmäßigen Warnungen und zeigte an, dass sie näher kam. Victor musste Sophie Große Sterk vorher erreichen. Wenn sie vor ihm den Bahnübergang überquerte und der Zug sie trennte, hatte sie eine reelle Chance zu entwischen. Sie könnte das nächste Auto anhalten und verschwinden. „Halt!" rief er wieder, doch sie hatte schon die Allee verlassen und lief durch den Wald. Sie war zu schnell für Victor, bei dem sich bereits Seitenstiche eingestellt hatten. Dieses junge Mädchen hatte eine um Längen bessere Kondition. Er japste. Gleich würde sie da sein. Nur noch wenige Meter. Victor war zu weit weg, um sie aufzuhalten. Doch kurz vor dem Bahnübergang blieb sie plötzlich stehen und drehte sich um. „Gott sei Dank!" dachte Victor, der mit hochrotem Kopf keuchte: „Gut, dass du angehalten hast, Sophie." Er musste einen Moment verschnaufen und stützte sich auf seine Knie auf. Die Bahn tutete. Sophie Große Sterk sah kurz hinüber und schaute dann wieder den schnaufenden Kriminalisten an. Sie lächelte ein befreites Lächeln und trat ein paar Schritte nach hinten, mitten auf die Gleise. Noch ehe Victor begriff, was sie dort tat, gab es einen harten Schlag. Sie wurde von der Regionalbahn erfasst und mitgerissen.

44. Donnerstag, 22:05 Uhr

Die meisten Spuren waren beseitigt und die Tote war abtransportiert worden. Die Einsatzfahrzeuge verließen nach und nach die Unglücksstelle. Auch die Straße wurde wieder freigegeben. Die meiste Zeit hatte Victor zusammengekauert auf den Leitplanken gehockt und reglos dem Treiben um sich herum zugesehen. Irgendwer hatte ihm eine Decke um die Schultern gelegt. Das Geschehene war unauslöschlich in seine Erinnerung gebrannt. Nie wieder würde er diese Bilder vergessen können. Sophie Große Sterk hatte sich vor seinen Augen das Leben genommen und damit die Suche nach dem Mörder beendet. Er hatte es nicht verhindern können. Sie vielleicht sogar zu diesem Schritt gedrängt. Den Tod eines Menschen nicht abwenden können, heißt mitschuldig daran zu sein. Er fühlte sich elend schuldig. Sowohl Stefanie als auch Sophie Große Sterk gegenüber. Er hatte viel zu spät die Lösung für diesen Fall gefunden, hatte die Falsche verdächtigt, war mit Marcel und Philipp auf der falschen Spur gewesen. Immer wieder sah er das Gesicht des Mädchens, immer wieder hatte er dieses schreckliche Geräusch in den Ohren, mit dem sie von der Bahn erfasst wurde. Er bemerkte nicht sofort, dass Steffen zappelnd vor ihm stand, mit seinem Handy wedelte und immer wieder das Gleiche rief: „Es geht los … es geht los … es geht los ….!" Victor verstand nicht. Irritiert sah er seinen Kollegen an: „Was? Was geht los?"

„Die Geburt! Das Kind kommt! Katharina ist schon im Krankenhaus!" Nur langsam drangen die Worte in Victors Gehirn. Als er anfing zu verstehen, was Steffen da sagte, zerrte dieser ihn schon in einen Streifenwagen, den er organisiert hatte. Die uniformierten Polizisten wussten, worum es ging. Es war verboten, doch es war selbstverständlich für sie, einem Kollegen zu helfen und ihn in die Klinik zu fahren. Die Straßen waren frei, und dank des Blaulichts mussten sie auch an Kreuzungen oder Ampeln nicht anhalten.

45. Donnerstag, 22:57 Uhr

Keine zehn Minuten später stolperte Victor aus dem Polizeiauto und eilte ins Hospital. Die Gynäkologische Abteilung befand sich im dritten Stock. Auf den Aufzug konnte er nicht warten, also nahm er die Treppe. Nahm mehrere Stufen auf ein Mal. Hastete die Etagen hoch und erreichte atemlos den Kreißsaal. Katharina lag verschwitzt in einem riesigen Bett. Die Beine gespreizt, hielt sie sich an den Kniekehlen fest und stöhnte. Eine Hebamme gab Anweisungen und sprach seiner Frau immer wieder gut zu. Victor stellte sich ans Kopfende und suchte eine Aufgabe. Doch außer Katharinas Hand zu halten konnte er nichts tun. Eine Wehe setzte ein und Katharina schrie durch zusammengepresste Zähne, während die Hebamme abwechselnd *Hecheln, Pressen* oder *Jetzt nicht pressen* befahl. Er stand hilflos daneben. Katharina war schon seit Stunden hier und hatte den größten Teil der Geburt allein hinter sich gebracht. Er war wieder einmal zu spät. Es dauerte jetzt nur noch einige Wehen und Katharina entband ein Kind. Ein kleines, rotes und blutverklebtes Mädchen. Victor sollte die Nabelschnur durchschneiden, doch er traute sich nicht. Die Hebamme erledigte das und legte das Baby der erschöpften Mutter auf den Bauch. Victor war tief berührt. So tief wie noch nie zuvor. Ein Moment der unfassbaren Glückseligkeit. Nun waren sie eine Familie. Und er wusste, dass dieser kleine Mensch sein Leben komplett umkrempeln würde. Trotzdem fielen ihm die Ereignisse des frühen Abends ein. Das Leben zeigte, wie nah Leben und Tod zusammen lagen. Während Katharina versorgt und das Neugeborene untersucht wurde, war Victor einen Moment allein. Er sank auf einen Stuhl und konnte nicht mehr an sich halten. Er weinte. Er hatte das

Wunder der Geburt erlebt. Er war Zeuge, wie ein Kind zur Welt kam. Sein Kind. Seine kleine Tochter.

Es dauerte, bis die Mutter und ihr Neugeborenes ärztlich behandelt, begutachtet und versorgt waren. Und selbst als die beiden schließlich erschöpft eingeschlafen waren, stand Victor noch lange vor dem Bett. Voller Glück, aber auch voller Angst vor der Verantwortung. Einer Verantwortung, die er ein Leben lang zu tragen hatte. Dies war der Grund, warum er sich all die Jahre gegen das Vatersein entschieden hatte. Erst mit Katharina zusammen hatte er langsam den nötigen Mut entwickelt. Doch jetzt beschlich ihn die alte Furcht. Er wusste nicht, ob er dem gewachsen sein würde. Konnte er überhaupt alles richtig machen?

Erst als ihn in den frühen Morgenstunden bleierne Müdigkeit übermannte, nahm er sich ein Taxi und ließ sich zum Präsidium fahren. Hier stand sein Auto noch. Und obwohl er müde war und es besser gewesen wäre, sich hinzulegen, ging er ins Büro. Er wollte den Fall abschließen.

Er ließ die Ereignisse Revue passieren und dachte an Stefanie Große Sterk, die sich selber opfern wollte. Als die Männer der KTU festgestellt hatten, dass aus ihrem Kombi geschossen wurde, wusste sie, dass Sophie es getan haben musste, da Sophie mit dem Wagen in der fraglichen Nacht unterwegs gewesen war. Also hatte sie sich selbst als Mörderin angeboten, um ihre Tochter zu schützen. Ihre Tochter Sophie. Victor konnte verstehen, warum sie das getan hatte. Er würde das Gleiche für seine Tochter tun.

Er schrieb einen kurzen Bericht und legte ihn Steffen auf den Schreibtisch. Den Rest sollte sein Kollege machen. Für ihn war vorerst Schluss. Er löschte das Licht und legte sich auf eine der Liegen im Bereitschaftsraum. Er wollte versuchen, wenigstens ein paar Stunden zu schlafen, und morgen gleich wieder ins Krankenhaus fahren. Dann würde er sich auf seinen nächsten Fall stürzen. Den Fall „Familie".